제법 안온한 날들

당신에게 건네는 60편의 사랑 이야

從急診室，致你

為你寫的
60篇愛的故事

南宮仁 남궁인

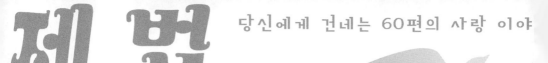

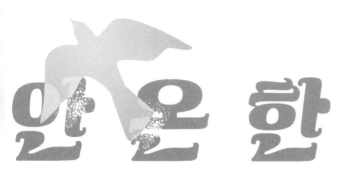

「你不是陷入愛情的人。
你只是，寂寞了。」
我們第一次接吻後，你這麼說。

Part 1

Part 2

제법 안온한 날들

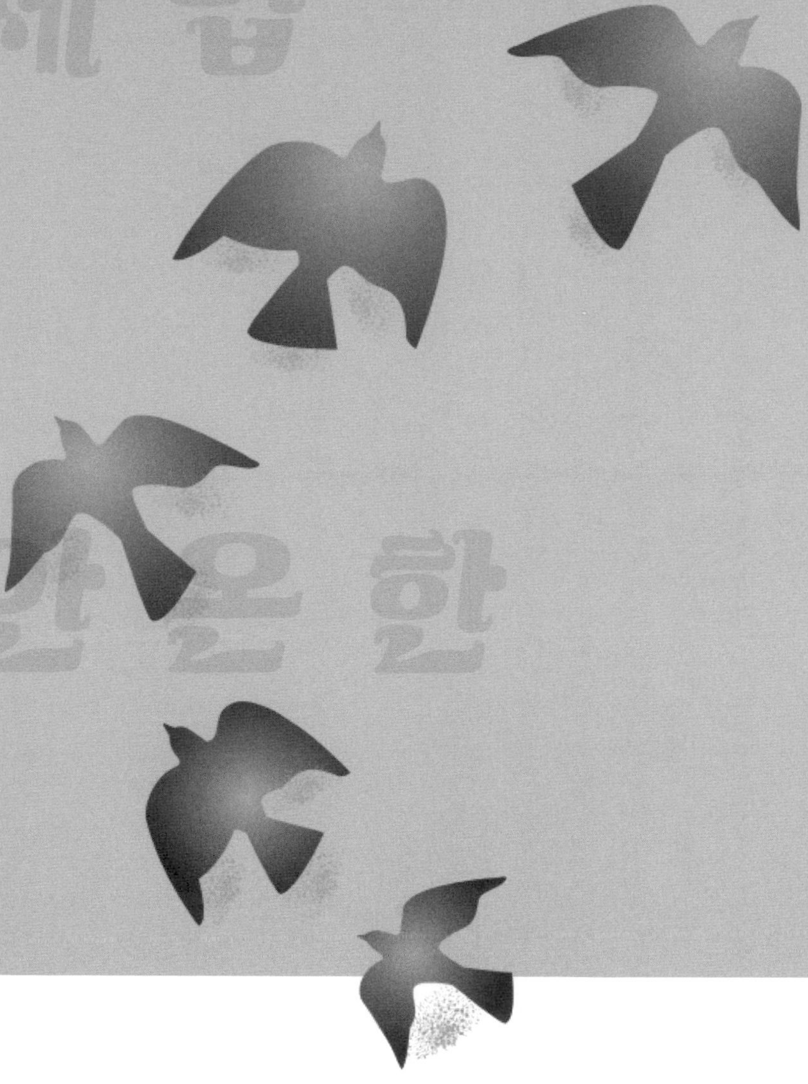

Part 1

奈良，於你

我來到了日本的奈良。雖然現在是個遊客雲集的村莊，但一千三百年前的奈良曾經是日本的首都。我住在一個百年町家改造的民宿。大門很小，從外面看起來也不過是一個很小的房子。我剛開始的時候還真的曾懷疑這是不是真的可以讓那麼多人住的酒店，但是穿過門檻就會發現掛著兩個燈籠，長長的庭院，還有雙層老屋。

據說以前在這個地方，房子被徵稅的標準是按它占據道路的寬度計算的。那個時期的道路不多，要測量寬度也很困難，所以比起面積，大概是測量線會更客觀合理。所以在打地基之前，他們都會盡力避開接近道路旁，也就是會把房子的後半部往後拉長。就是因為這樣，這個城市的舊房子都是長方形的。人們也因此生活在離大街稍微有點距離的空間裡。我踩在吱吱作響的地板上到二樓，房裡有六張床。我躺在了其中一張，感覺周圍的人跡都離我遠去，而我就像是處在另一個世界裡。我想像著這裡，這個城市裡的人躺在與世人隔絕的寢室裡，在一千三百年前的某個時候大概也就是這樣靜謐的吧。

在這個城市裡可以看到放牧的小鹿們，街上隨處都可以看到眼睛烏溜溜，身上還有白色斑塊的小鹿。據說是很久以前流傳下來的傳統，小鹿曾是神仙下凡時騎乘的神聖坐騎，還說不小心殺掉小鹿的人會被嚴刑逼供、砍頭。那還是個動物的死亡會由人命來償還的時代，活得快樂愜意的大概只有小鹿們吧。然而在十九世紀，人們以小鹿破壞農作物的理由將牠們趕盡殺絕，只留下了三十隻。雖然在那之後小鹿們再次獲得保護，數量再次上升，但第二次世界大戰之後，挨餓的人為了活命抓了小鹿來吃，讓這些小鹿們再次瀕臨滅絕的危機。度過那些時光之後再次繁衍增加的小鹿們，就在我眼前。牠們的生命終究還是掌握在人類手上。

我喜歡這些安靜不說話的小鹿。眼神很善良，四肢很纖細，毛很鬆軟。不管是在草坪上坐著、站著、有時候還會忽然發出鳴叫聲，但只要人們要給牠們餵食，牠們都會安靜地走過來。我在公園裡安靜地寫作的時候，牠們也像是好奇我筆記電腦的味道，會過來咬一下再吐出來。我花了錢買了零食，只要看到眼神純淨的小鹿就會給牠們餵食。牠們會晃著頭吃掉零食，也不會避開人們的碰觸。

我的視線也不時會停留在和我一樣在看、撫摸著這些小鹿的孩子們身上。小鹿和孩子們之間的眼神交流太善良清澈了。所以我走向孩子們，請他們伸出手，然後把零食放在他們手上。孩子們手上拿著我分給他們的零食，既好奇又害怕地看著小鹿們，在小鹿們吃掉孩子們手上零食後，孩子們馬上回到父母的懷裡。就那樣，孩子餵食著小鹿，小鹿也會和孩子們一樣慢慢長大吧。我那樣想著，看著孩子小心翼翼拿著零食的畫面，覺得這個場景真的太美了。

秋末，這個城市在下午五點左右天黑，所有的寺廟和商店也在那段時間打烊。整個城市瞬間就暗了下來。斜坡看起來彷彿更高了，映著夜色燈光，水面也一片波光粼粼。小鹿們有時候會開始高聲鳴叫，那樣確認了存在後，眼神溫順的小鹿們也開始進入夢鄉。現在這裡大概有一千一百隻那樣的小鹿，但有時候也有小鹿睡不著，在一片漆黑的城市裡，因交通車禍喪命，而這樣的小鹿每年也有近一百隻。

一百隻。一年一百隻小鹿，照這樣的頻率，不久後一千一百隻小鹿全都會死去。所以這個城市每年的夏天都會將其他地方繁殖的一百隻小鹿釋放出來，為的就是不讓這些小鹿餓著，但卻足以吸引觀光客。新釋放出來的小鹿們本著天性和平共處、成長。然而，平均壽命為十五年的小鹿們在這個地方，究竟能活到牠們的平均壽命嗎？很大的概率是不可能的。牠們或許在壽終正寢之前被車撞死。那麼，有些小鹿會覺得這裡就像是個可以預見生命盡頭的大監獄嗎？還是有些會想到自己的命運就是要在一片漆黑中被不知名的物體撞死嗎？人類隨心把牠們釋放出來，卻在開車的時候不小心把牠們撞死，是在玩什麼遊戲嗎？但是這些小鹿們的眼裡卻沒有任何的憂鬱。溫順地吃著草，享受著微風輕拂在打瞌睡，牠們就只是本著天性生活的動物。我買了零食讓牠們吃，看著牠們安靜地坐著、站著、慢悠悠地晃蕩著，看著牠們明明不悲傷，卻被悲傷浸潤的眼睛。

這個城市裡有寬闊的山，讓人可以看看小鹿，也有不太大的湖，到處掛著燈籠，街道上都可以看到寺廟和佛像。窄窄的街道上到處都可以看到無法和民宅分辨出來的寺廟。每次走到這些可以祈禱的場所時，我都會停下來，低頭合掌，祈禱希望自己可以有著靜慮、平靜的心，也為了一些必須送離的尊貴生命祈禱，也為了開朗又堅強的你祈禱。即使那樣，我抬起頭的時候，心裡都會變得沉甸甸的。僅僅是我的願望就足以讓我改變我的想法。就算我還有最後的願望，即使那些都沒有實現，生活還是一樣會繼續下去。

我去了國立博物館。博物館裡開放展示了從奈良為國都的八世紀開始奉君命守護的寶物倉庫。每次看到這些保存了一千三百多年的物件，我都會覺得與祖先，還有這些生活在古遠時代的人們異常親近。他們其實和我們一樣，害怕著某件事，製作常見動物的仿製品，畫畫，煩惱著要刻出更漂亮的花紋，把經絲與緯絲織成布料，珍藏著來自未知世界的物品，將最好的物品祭天、或是進貢給統治者，也把想要傳給下一代的物品當寶物收藏。時間過去，該消失的東西都會消失，被珍藏的、還是幸運的物品才得以留下來，讓今天的我們看到。有些物品因為太普通所以不被留下，有些太珍貴而不被留下，八百年前的某人因為不小心遺失了五百年前的物品而製作了仿製品，而時間也讓這些物品成了古董、遺物。就這樣，這個地方的物品，始於一千三百年前某個平凡人的手中，經歷偶然和必然，來到我們面前。

我又開始思考歷史和考古學。以前的人什麼都沒有留下，只有無意間留下的物品得以留下。那我們就是拿著這些沒有任何解釋的物品，想著他們如何生活著。想著他們會記下重要的活動、納稅紀錄，會因紙張太珍貴而把曾使用的文件再次用於別處，會創造更方便的物件，也會抱怨上層。我們也會用放大鏡觀察一些主要工作為記錄的藝術家、作者們留下的作品，他們留在作品角落裡的字跡像是要向千年後的人展示什麼一般。想像著前人堅持生活的世界、他們的對話，這就是歷史和考古嗎？所以我每次想到考古學的時候，都會覺得心痛如麻。在那個時候，那個時代裡，也總會有人愛得撕心裂肺。他們那時候經歷的痛，和現代的痛是一樣的吧。當然有時候也會覺得快樂的吧。試想，愛從一千三百年前流傳至今，像一直刻在拐角處的名字一樣珍貴地留到現在。曾有某個人那麼珍重地對待愛，現在的我光是想像著那樣的情緒，都會熱淚盈眶。

這個國都中還有奈良八景，如其名就是八大具代表性的景點吧，但如今只剩下五個景點。即使如此，人們並沒有把這些景點稱為奈良五景，奈良八景依舊存在於此。前人相信著數字八的美學，而那份相信代代相傳至今，人們還是偏愛著這個數字。剩下三個景點的不存在並不影響這份八的美學。即使不存在於這個世間，即使我們看不見，只要有人堅定相信著，這份美學就得以成立，奇跡般似的。這個城市就是如此堅定又讓人心酸。

黃昏時分，我到了郊區的宮廷遺址。戰火讓柱子都燒毀了，剩下的只有基石、柱根和祭壇。現今的人們在周圍建築房屋和工廠，鋪上橫跨著那塊地的鐵路，看著火車搖晃著經過，看著雜草在那片寬闊的土地上堅強生長。那裡只不過是被荒廢的土地，留下的只有某種意義。我甚至在過去的時候懷疑了這個地方是否真的是歷史遺址。有個阿姨在樓梯上看著夕陽，兩個老爺爺拿著相機，在拍攝日落的畫面。我靠在只剩下半段的柱子上看著日落。這些都是早就注定要消失的嗎？還是純粹遭遇無法預知的不幸。這世上有多少是完整地留了下來呢？又有多少會像這樣只留下了一點痕跡呢？所幸的是，在一千三百年前就有很多人記得這個空間，相信著它帶著某種意義。所以一直以來，人們都保留著這塊地。周邊的人也一定記住了這個地方。看來很多人覺得珍貴的存在是不會輕易消失的。夕陽西下，這個宮廷遺址顯得特別優美。

之後，我就回到房裡躺在床上感受著微涼的空氣。當下完全屬於我的空間只有這張床。然而這個空間裡有我的情緒，是我相信、逗留、並留下一些紀錄的空間，今天我還在這個空間裡想起至少有一隻因車禍喪命，眼神純淨的小鹿。這種情緒微弱得隨時都會消失，但我還是想要把牠留在記憶裡，又因為想起前人平凡的愛，還有儘管肉眼看不見卻依舊相信著美學的人，所以我給你寫了這封信。

我一直都相信世界上的每個人都討厭著我。如果我稍微疲憊示弱，就一定會有人來嘲笑中傷我，所以我總是對自己很頑固。然而我在這個城市裡，像我的祈禱一樣，我對你依舊有情誼，依舊思念著你，想像著人群中向我拋來稜角分明的石子中，有你溫柔伸出的手。僅僅是那樣，就能讓我繼續活下去。我在這世界上某個角落的一張床上，想念著你圓潤的手指等事物。

啊，這一千三百年來有什麼是永恆的嗎？我想，即使我會消失，但我留下的情緒在一千三百年後的某一天，會傳遞到這世上某個角落的一張床上。歷史和考古學、大眼睛的小鹿、國都、宮廷、願望、美學的奇跡，還有因你而生的願望。感覺馬上就要消失的我，想著這些堅定不會消失的事物，寫下這封信於你。

一生的幸運

紛亂的週末白天，一個患者緩慢地穿過急診室的中央，找到一個安靜的角落坐了下來。那是一個衰老的老奶奶，像是與疾病抗爭了很久，她的臉頰消瘦，但全身都是腫脹的，意識也看起來不太清楚。稍微晃動老奶奶的身體，她也沒有任何反應。透過全身的狀態可以推測是長期的腦部病變所致。老奶奶身邊只見一個瘦小的老爺爺，兩人看起來像是在相近的時間裡一起老去。我開口向滿臉皺紋的老爺爺詢問。

「這樣的狀態好像維持了很久，怎麼會想到過來呢？」

「之前曾在這裡住院，也曾在這裡接受治療。是腦出血。醫生說了現在束手無策，所以就讓她出了院在家休養。可是她開始發燒，平時用鼻胃管吃飯的，但鼻胃管也脫落了，情況很糟糕，太讓人擔心，就這樣過來了。」

「其他監護人不在嗎？」

「兒子以前就因為車禍離開了，和她一起生活的人只有我一個。」

我對照了醫院的紀錄，年紀大約八十左右，高血壓、糖尿病，也有肝硬化的問題。兩年前曾因顱內忽然出血失去意識，是個在家臥病的典型老齡病患。在患者身上也可以聞到長期臥床的人身上特有的味道。雖然平時狀態也不太好，但現在看起來也不像惡化的太糟糕，沒有什麼需要馬上治療的部分。我下了指示，讓老奶奶進行全面性的肝炎檢查，就開始著手處理其他的工作。週末的急診室依舊很紛亂。

檢查安靜地進行。兩個小時後確認了老奶奶 X 光的結果，檢測出輕微肺炎和泌尿道感染，對長期臥病在床的人來說很常見。發燒也不嚴重，只要維持攝取抗生素，看來在療養醫院接受治療就可以了。傳喚而來的神經外科醫生也傳達了類似的意見，關於腦出血，專科醫生的說辭也沒什麼太大分別，所以我喚了老爺爺。

「沒有在這裡入院的必要呢。目前只要在療養醫院裡打抗生素就行。曾經做過很多次了吧？」

老爺爺用遲緩的語氣回答：

「這不是一次兩次的事情了，這人最近更常生病了。我老了，她也一樣老了很多。」

「一直以來都是用鼻胃管進食的嗎？」

「很久了。她因為情況惡化翻來覆去的，結果鼻胃管脫落了。明明要放這個才能進食，結果挨餓了一陣子。」

「好的，我們會給奶奶重置鼻胃管。也會為你們安排療養醫院，所以好好接受治療吧，沒那麼糟糕的。」

老爺爺看樣子在老奶奶身邊照顧了她很久，沒有孩子的話，大概也沒有別的依靠。就算有孩子，在這種情況也通常會是較健康的配偶照顧病人到最後。我同時下了重置鼻胃管和出院的指示，鼻胃管會直接連接胃部，讓老奶奶可以進食。很快地，醫療人員就準備好為老奶奶插入鼻胃管，我的注意力也如常投入到紛亂的急診室裡的其他患者。

過了一陣子，急診室某處傳來了急迫的聲音。眾人的悲鳴混雜了臨死前不吉利的聲音。雖然急診室一直都很昏沉吵鬧，但如此尖銳的聲音特別地讓人神經緊繃。我反射性地跑了過去。剛剛的老奶奶在大量出血，血液從老奶奶的鼻子和口腔噴了出來。老奶奶的手腳都無法動作，但是出血的當下，她的身體卻是不自覺地在抽搐。

「發生什麼事了？」

「老奶奶……忽然出血了……」

是在插入鼻胃管時的突發事件。剛剛看過的資料在腦海中攤開，有著肝硬化導致的出血和由內視鏡止血的紀錄。是靜脈瘤破裂，置入鼻胃管的時候靜脈瘤破裂了……

「把老奶奶移到重症區，現在馬上！」

老奶奶現在開始不再是普通情況穩定的患者了。醫療人員匆忙地把她移到了重症區。移動的病床上，老奶奶還在抽搐著出血。老爺爺一臉驚慌地跟著病床旁醫療人員。醫療人員對他表示「這裡禁止進入」後，老爺爺一語不發在外頭徘徊。我站到了老奶奶面前。她因為營養不足有貧血的問題，而肝硬化導致的靜脈瘤出血，非常難處理。血液凝固因子無法壓制血液，也會導致持續性出血。如果止不住血就會死亡。

「這裡需要申請中心靜脈管和濃縮紅細胞、新鮮冷凍血漿，快！」

患者被蓋上了消毒好的布，中心靜脈管緊急被植入。她出血量幾乎和灌入的輸液一樣多。下了出院指示的神經外科醫生這個時候也收到消息，慌忙地衝來急診室。

「得快找出所有可以止血的辦法。」

被傳喚而來的內科醫生掌握了患者的情況後快速地下了結論。內視鏡這個辦法大概是無法再次使用。患者之前的紀錄裡有表明靜脈瘤結紮（為了止血而堵住血管的動作）困難，胃壁也因長期使用鼻胃管而變脆弱，連看都看不清楚。紀錄很準確，我們需要動手術將肚子剖開，才能止血了。

我聯絡了外科。剛剛為老奶奶置入鼻胃管的實習醫生拿著針筒，一臉擔心地在外踱步。

「教授，我……」

「沒關係。這不是肉眼可以看到的。不管是誰執手都會這樣。這已經不是你的事了，你繼續你的工作吧。」

在那期間，老奶奶的血壓急升，貧血數值也在持續下降。滿滿的血從血管裡注入老奶奶體內，為我們爭取著時間。外科醫生看了紀錄和老奶奶的情況後，馬上下了動手術的指示，要切除老奶奶出血的部位。

「是與時間的戰爭。」

聯絡上手術室的同時麻醉師也到了。重症區因為眾人而鬧哄哄的。老奶奶依舊在出血，還有血混著排洩物從肛門流出。是死亡的味道。

我開口對老爺爺說道：

「是胃腸管出血。需要動手術。但是情況很糟糕，有很大機率會死亡。但剛剛的鼻胃管是必須的，所以這是無法避免的事。無論如何，我們會盡力的。」

「那，那人是現在就死嗎？是現在嗎？」

「說實話，機率很高。整個身體都在惡化，但我們會盡全力的。」

老爺爺倉皇得不知所措。雖然接近死亡的是老奶奶，但我忽然覺得老爺爺的情況好像比較糟糕。有了心理準備的死亡，和毫無預警的死亡，是不一樣的。更何況是在口鼻腔都出血的情況下死亡。

「啊……我獨自照顧著那個人，只看著她活到了現在。真的拜託你了……」

同意書很快就已經定制好，手術室也傳來了準備好的通知。眾醫療人員一邊匆忙地擠壓著袋瓣罩人工急救甦醒球，推著老奶奶向手術室而去，準備剖腹切除出血部位。所有有關的當值醫生都在手術房裡集合了。我看著源源不絕的血液，問了主刀醫生。

「老奶奶，能撐過剖腹嗎？」

「看來很難，但這是最好的選擇了。能撐過前期就可以了。」

老奶奶被移上了手術檯。在那一瞬間，她的口鼻腔也是滿滿的血水在流出。打了麻醉劑，手術要開始的那瞬間，老奶奶的心律驟降了。血液和輸液都在進行中，我們根本無法及時做出應對措施。老奶奶的心跳馬上就消失了，手術已經不可能繼續進行。有個穿著白袍的人馬上為老奶奶進行了心肺復甦術，其他醫療人員只能圍繞在老奶奶身邊。

兩年間因為腦出血與疾病搏鬥，胃腸管大量出血、肝硬化，老奶奶終究避免不了死亡——所有人的想法都是一致的。就算活著，也會和死去差不多。那，誰要來負起責任呢？置入鼻胃管的人？指示置入鼻胃管的人？發現出血並做出對應措施的人？決定動手術並著手準備的人？還是其他參與的醫生與相關人員呢？有多少的責任需要承擔，而這些責任在於誰呢？還是在於一個健康情況已經不樂觀的八十歲老人呢？但如果不是監護人問起的話，其實沒有追究責任的必要。畢竟治療也是不可抗力之一。我們在心肺復甦式進行的當時，心中的大石被吊了起來。老奶奶的胸腔部位被按壓的當下，還在從口鼻腔出血，血液還逆流進入了急救甦醒球。就那樣我們的衣服上都沾滿了患者的血液，時間的臨界點也就此到來。老奶奶的心電圖不再有變化，她就這樣離開了人世。

我到手術房外對老爺爺告知了此事實。

「老奶奶往生了。我們無能為力了。」

老爺爺無法置信地愣在原地。

我們依舊在揣測著是誰的責任。雖然是與疾病抗爭已久的老奶奶，但是卻在緊急治療的手術檯上迎接死亡。這正是需要有人負起責任之處：究竟死亡原因是因為我們，還是因為患者本身呢？說到底生命的盡頭就是死亡，這個才是事實的根本，但這可以讓這個患者的死亡就此落幕，成為我們的免罪金牌嗎？萬一老爺爺向我們追究起來的話，我們要一一查明，分擔這次死亡的責任嗎？我們帶著混亂的想法要整理現場的時候，老爺爺帶著哀切的表情，小心翼翼地接近我們。

「我有話想對患者說。請給我一點時間。一定要現在說。」

「患者已經往生了。現場看起來不太好，我們整理好之後會通知您的。」

「沒關係的，拜託你們了。我得現在見她。請讓我馬上見到患者。」

說實話，我們都稍微擔心老爺爺想要說什麼，也怕他是不是要確認我們漏掉的什麼，但我們沒有理由阻止老爺爺。

「那就請吧。」

老爺爺獨自穿過了穿著白袍和手術服的人群，向老奶奶緩緩走去。老奶奶安靜地躺在了一片輸液和積累的血塊當中。老爺爺一手握著老奶奶的手，一手緩緩地撫摸著老奶奶滿是血跡、逐漸僵硬的臉龐。老爺爺的手逐漸沾滿了血跡，滿是皺紋的臉也開始出現了悲傷。眉間緊皺，在老爺爺的臉上形成更深的紋縫。過了片刻，老爺爺在老奶奶的耳邊，哽咽著開口說話。

「親愛的，你和我生活了好長的一段時間呀。太感謝你了，老婆。親愛的，我很開心。在那麼多人之中，我可以和親愛的你過一生，我真的很幸運，我的幸運還持續了超過六十年，所以我真的運氣很好呢。我無時無刻都那樣覺得的。現在親愛的你先走了，我覺得我也沒有辦法活得更久了。我知道親愛的你一定會等我，但你先走沒關係。我聽說那裡是個好地方，是個比這裡還要安逸的地方。我們怎麼可能同日同時一起去呀，親愛的你先過去喔。」

抱著罪惡感準備收拾遺體的醫療人員都愣在了原地。大家此刻都停下了手上的動作，聽著老爺爺的念叨，身體都在顫抖，偷偷哭泣。老爺爺如與世隔絕一般，繼續說著話。

「先去那裡等等我。先舒服地過去，我很快就會跟上，馬上就會跟上的。親愛的，你現在看起來有點憔悴，但我相信你的靈魂變輕鬆了。親愛的，就算現在這樣，我也不覺得你在痛苦，所以我沒事的。雖然出乎意料，但沒關係的。我們很快就會再見的，在一個好的地方。我們不會分開的，現在就真的再也不會分開了。我愛你，愛你的人還在，所以你就好好去吧。好好地去……」

老奶奶最終被推到了殯儀館，而我們也從此沒有聽過和老奶奶相關的消息。我為了阻止別的死亡而通宵工作，最後拖著疲憊的身軀開車回家。腦袋裡一片混亂之下，我給媽媽打了電話。簡單的問好後，我對媽媽說了昨夜發生的事情。說著說著，我也不自覺一直在哭。

「昨天有一位老奶奶在救治過程中往生了。說實在的，我以為老爺爺會和我們追究責任，或者是因為老奶奶已經不行了，所以他會就那樣接受。可是，他卻說自己現在也活不下去，再也不想活下去，也對老奶奶說了我愛你。他讓老奶奶好好地離開，說老奶奶是他的唯一；即使老奶奶渾身是血，他也握著她的手，一直……可是我們卻只是在那裡想著是誰的錯……就在那裡……」

我無法接下去說話。媽媽在一陣安靜後開了口。

「仁呀，愛情是無法干涉的。經過了一輩子那麼長的時間，愛情只會更持久。但是如果其中一個人離開了，剩下的那個人只能想著獨自留下的自己了，那真的很致命。仁呀，老爺爺沒辦法活得太久，那是無可奈何的。人總會有一死。還有，愛人的人終究會以同樣的身分留下，老爺爺一直都會是愛人的那一個。你做得很好了，仁呀，辛苦你了。」

我無法說話，眼淚一直在流，看著車窗外的傾盆大雨落在了漢江邊。上班尖峰時刻的道路上堵著，車輛都不帶感情地停留在原地。我的車也是，從現在開始，像是一丁點都無法繼續往前了。

某種關注

在我認識的朋友中，有一對結束近十年的戀愛，而步入婚姻的朋友。在那段很長的時間裡，我都在他們身邊，所以知道他們一路走來，雖然大部分的時間都很甜蜜，但並不是完全地一帆風順。近十年的歲月裡，他們曾分開過各自的生活，也曾像要斷絕關係一般大吵。當然雙方也曾各自交了別的戀人。但每一次，他們到最後都會像回到注定的位置一樣，回到對方身邊。他們在十年的迂迴曲折後，終於為那麼長的一段戀愛畫上休止符，成了夫妻。

在眾人齊聚的婚禮上，兩人大方地公開了一路到結婚的心路歷程。但在同時，他們如今深愛著對方的樣子也是顯而易見的。當有人問起他們怎麼會下定決心結婚的時候，他們一定會把他們的故事分享出來——一個音樂劇劇團舞蹈演員的故事。

「那發生在一瞬間。人生中做決定的時刻往往都是在一瞬間發生的。我正在舞臺上跳著舞，這個男人則坐在觀眾席上。」

我雖然從來沒有看過她的表演，但我知道她沒有機會以主角的身分站在舞臺上。她大部分的時候都是連名字都不在海報上出現的配角舞者。

「我不是當天的主角。主角都是在舞臺中央，熱烈地唱著愛情歌曲。我呢，就只是配角A。我在舞臺左邊的角落裡，和其他的舞者們一起配合著主角的感情表現做出律動。那時候，我忽然有種無法言喻的感覺，所以就看了一眼觀眾席。舞臺的燈光讓我隱約看到坐滿人的觀眾席，也可以看到專心看表演的觀眾們的表情。那麼多的觀眾理所當然地，視線都會在舞臺中央的主角身上。這部音樂劇的走向就是這樣的。在那裡，我本能地找到了讓我覺得無法言喻的那個感覺的來源。只有一個人，只有他的視線，沒有在舞臺的中央。那個格格不入的視線，是屬於我的。在那麼多人之中，這個男人，一直都在看著我一個。和音樂劇的走向毫無關聯的配角A，頂多就是一個加強劇中感情表現的眾多舞者之中的配角A，對於這個男人來說，我這個配角A，就是這個舞臺上最重要的主角。從一開始，這個男人就沒有在看表演，而是在看著普通人都不會在意的我。我在哪一個部分會換氣，在哪裡會踮腳，手是如何伸出去的，還是我有沒有什麼失誤，他都看著。」

平時，話說到這裡的時候，大家都會安靜等著接下去的故事。

「我從舞臺上下來的時候，這個男人就告訴我說，他在這個舞臺上除了我，並不覺得任何人是主角。所以他看的並不是音樂劇，而是一個只有我在跳舞的舞臺。他說他無法從我身上移開視線，都在看我的表情和舞蹈線條。我當下就覺得我要和他結婚了。就這樣在一瞬間，我做出了人生重要的決定。在那昏暗的觀眾席上，眾人看著另一個方向，那當中只有一個人覺得需要我，只看著我。找到這個人的那一瞬間，我的命運就已經決定好了。」

告白

「我愛你，這句話太短，也太快結束。所以我想過，如果有更長一點的詞彙就好了。一個可以帶著完整的意思，說起來要耗時三分鐘的詞彙。如果有的話，那我會毫無錯誤地重複背誦這個詞彙，然後看著你的眼睛，大聲地、一個字一個字為你念出來，那我就可以用整整三分鐘來對你告白了。」

計算人的方式

我和我的女朋友，像平時一樣，找到了一家酒館，悠閒地享受著甜蜜的醉意。我們像洩露著被禁的祕密一樣，讓各自過去的戀愛成了當下的話題。她微醺的樣子，看起來心情很好。然後她像是忽然想到了什麼，用淘氣的表情問了我。

「我忽然有事情想問你。可以問吧？」

「嗯。看你的表情，我得要小心點了。」

「就那個，到現在為止，你交過幾個女朋友呀？」

「嗯？忽然怎麼了？嗯，果然讓我有點慌……」

「不論是一個還是十個我都會理解的，快說吧，沒關係的。」

「怎麼樣會理解啦。其實不多。唔……應該是三・五個吧。」

她的表情依舊是愉快的，但是多了幾分詫異。

「不是三個，也不是四個，怎麼還會有個〇．五啊？你是只和她的上半身交往嗎？這樣算〇．五？」

「欸，才不是啦。因為和那個人的關係有點模糊，所以才這樣算的啦。就是分明有好感的，也有互相喜歡的瞬間，但還沒有機會確認是否相愛就結束關係了。而且還是沒有理由地結束，所以也算不太上是一段關係。那個人應該也是這麼覺得的。」

「啊，原來如此。唔……」

她想了想，又開口說話了。

「我忽然想起來。萬一有一天，我們分手了，就是再也不見、不聯絡、也不再問候對方的那一天，萬一那一天來到的話。」

「呃，好討厭。反正，如果那天來到的話會怎樣？」

「我會用盡全力找到你，通過你手機聯絡簿裡的每一個人，你的同事，還是只和你吃過一頓飯，連熟悉都算不上的人，反正就是把你挖出來，然後來問你同樣的問題。

如果你的答案是四・五個前女友的話，我大概不會怎樣，但是萬一你的答案是四個前女友的話，那樣的話……」

她裝著氣呼呼的樣子，說出了接下來的話。

「我會不擇手段把你找出來殺掉的，真的追到世界的盡頭都要把你殺掉的。」

味蕾

我們決定分手了。很久以前就已經知道了會有那麼一天，而現在的我們真的決定了從此要分開，過著各自的生活。所以我們決定一起吃最後一頓飯，好好告別，走上各自的路。

對於午餐時間來說是有點早了。我們走進一家看起來有點來歷、安靜的日式餐館，找到位置坐了下來。因為離別已經完全討論好了，所以現在我們任何的對話都不會對我們的關係產生任何的影響。我們雙方都對這個事實有著明確的認知，所以都只想著要避開沒有意義的對話。餐桌上一片寂靜。在那種情況下，想要說出「那段時間很幸福」還是「祝你找到更好的人」這樣的話，實在不容易。不知道是不是被我們的氣氛影響，餐館內的氣氛好像也變得很尷尬。因為是最後的一餐，所以連這份尷尬都要銘記於心一般，我們都在堅持著，一起度過離別前的這一段時間。

完全置身事外的服務員來回走動，把客人點的餐都上齊了。我們點的烏龍麵和迷你壽司也上了桌。我們為了離別而相聚，但因為餓了，兩人都沒有說話。沉默之中，我們各自夾起了碗裡的麵放入嘴裡。然後，我皺眉了。這烏龍麵給舌尖帶來一陣麻酥酥的感覺，超級難吃。

麵條都已經膨脹，湯水也淡而無味。連一旁的迷你壽司也是軟綿綿的，都開始出汁了。烏龍麵裡真的完全感受不到對食客的誠意，再吃一口都感覺味蕾都要麻痺了。我大概知道了這家店招牌陳舊和午餐時間也安靜的理由了。因為是離別前的最後一餐，也沒辦法搜索好吃的店家，隨便走進路邊的一家店真的是昏招。我都快好奇，到底日式餐廳怎麼會做出這樣的味道。

在這種慘不忍睹的離別前夕，連飯都過分難吃，這讓我的心情又奇怪又奇妙。但是我也無法表達，只有安靜地繼續吃著我的烏龍麵。她面前的烏龍麵和我的一樣出自同一個廚師的手，味道也肯定一樣，看她吃著烏龍麵的表情也不太好。我們現在一起吃這頓飯的表情肯定不是幸福的，但是如果是平時的話，我們會竊竊私語，討論這食物有多難吃，或是用別的話題來配飯，讓這難嚥的一餐就這樣過去。可是現在的我，不得不安靜地把這一頓吃完，尷尬的氣氛更升一層樓了。

奇怪的沉默延續了一陣子。飢餓和離別前的感觸陪伴著我，讓我好不容易把麵條吞下去。吃到大概一半的時候，她啪！一聲放下了筷子，打破了沉默。

「這次的離別無效。我們不能就這樣分手。」

「……」

「這樣的一餐根本不能算最後一餐，真的不行。不僅僅是我們一起吃過的飯，這簡直是我這一生中吃過最糟糕的一頓飯。你明明也在想著日式餐廳怎麼會做出這樣的味道吧。一定要這樣，吃那麼難吃的一頓飯然後分手，留下糟糕的回憶嗎？好好地離別都做不到的情況下，一定要這麼糟糕嗎？」

其實我也有這同樣的想法，這樣吃完之後分開真的很不行。但是，我的頭腦忽然開始混亂。「那下次要搜索好吃的店，再次一起吃飯才分手嗎？那真的很搞笑。」可是說實話，這樣分開也不行的。這頓飯真的難吃到簡直會讓人成為創傷後症候群。

於是，我回答道：「嗯，好像真的不能分手，至少暫時不行。至少要等到吃了好吃的一頓之後。」

我放下了手上的筷子。我們就那樣離開了餐廳。我們的手不知不覺中牽上了，而我們也走向了同一條路。我隱隱約約地想著，和這個人分手的事大概會成為很久以後的事情，而她的想法大概亦是如此。

鹽，是不會壞的呀

分手後一天，我把她在我家用過的物品都收進了箱子裡。這些物品再也沒有留下的理由，再看一眼也都會讓我心裡很難受。我想盡快把她的痕跡都抹滅掉。我甚至有一小陣子開始害怕那些物品。我頂著一個大箱子去了一趟郵局，回來家裡只留下了無法郵寄的物品。我仍然可以在家感受到她留在空氣裡的香氣，總是有某種東西殘留的感覺。我先是將我們之前一起做的食物和喝不完的紅酒、威士忌都拿了出來。把這些東西都擺在餐桌上讓我再次有種心裡沉甸甸的感覺。為了讓這些東西一滴不剩，我一整天都像餓死鬼一樣，把這些東西吃光喝乾。不知道為什麼，我比兩人在一起時，可以吃得更多，喝得也更多，我甚至連自己是怎麼睡著的都不記得。

紅酒和威士忌混著喝的後遺症就是我隔天醒來的時候，頭像是要爆炸一樣痛苦。家裡仍舊遺留著她的痕跡，像是她只是出去一下，唯一的差別只是手機裡沒有她往常會傳的信息。我把可愛但不便使用的餐具放在回收桶裡，刻著她名字的筆、她塗鴉過的便利貼，還有一起夾到的娃娃都被我丟進了垃圾桶。我需要盡量讓她的東西都消失。我連有著共同回憶的跳繩如此瑣碎的東西也一起丟棄。我把還有很多空位的袋子綁起來，拿到屋外。幸好她沒有送我家電之類沉重的禮物。

在那之後，我如失去靈魂一般地生活著。隨便寫寫東西，隨便看看書，偶爾點一份外賣分幾天吃完，還喝了點酒，除此之外就再也沒有做什麼其他的事情了。不知道用了多少時間，她在餐桌上的身影逐漸模糊，她留下的香氣逐漸散去，原本充斥著家裡各個角落、屬於她特有的感覺終於變淡了。時間持續流逝，她留下的痕跡完全消失了。原本一整天都在想她的我，變成了一天想她十次，再變成五次、三次，到最後只有偶爾才會想起她。

某一個瞬間，我的日常生活恢復正常，我也和以前一樣開始做飯、邀請朋友來家裡。日子就那樣過去，直到某一天，在煮湯的時候我發現調料罐裡的鹽用完了。我久違地打開了碗櫃，看到裡面用到一半的一袋鹽、還未開封的一袋糖、全新的胡椒粉、還有一罐用保鮮膜包著的香芹粉。我的腦海中瞬間浮現了已經忘卻的過往。

那大概是分手前一個月吧，她下班後忽然把鹽、糖等等幾種調味料帶來我家。

「雖然鹽的確是有點不夠用，但糖，還有其他的還有很多欸？」

「反正都買了，就把其他的一起買了呀。我買了一罐胡椒粉、一罐香芹粉，還有蝦醬，你下廚的時候隨便用。」她若無其事地說道。我當時看著這些大概很久都用不完的調味料，有種很充裕的感覺。她把這些調味料就放在了碗櫃的角落裡。此時此刻的我看著的碗櫃，就和當時她放的樣子一模一樣。

我看著整齊排列著的調味料罐子，回想了那一瞬間，彷彿有什麼事情是有意圖地在進行著。我忽然發現，她當時已經在想著離別了。她知道我可以把其他東西整理得乾乾淨淨，但唯獨食物，是我不會隨便丟掉的。如果有剩餘或者壞掉的食物，無論她怎麼樣說服我丟掉，我都會想辦法把食物吃掉。這樣的我有可能讓這些連保鮮期都還沒過去的鹽、糖流入下水道，讓下水道變得鹹鹹甜甜的嗎？以我的性格來說是絕對不可能的，而她比誰都清楚這一點。

事已至今，我依舊不可能把這些調味料丟掉。看分量的話，這些調味料甚至還可以在我家住上幾年。為什麼她自己提起了離別，卻偏偏給我留下了這些呢？是要讓我一輩子知道什麼是鹹味和甜味嗎？不然是要我看到這些，一輩子留著我們的回憶，然後痛苦著嗎？還是因為不想要自己徹底地從這房子裡消失？再不然的話，是期待什麼小說一般狗血的情節，期待我在遙遠的以後愛上了別的人，親手為那個人準備義大利麵，撒上香芹的時候，在某瞬間想到她嗎？反正不管是什麼理由，現在都已經不重要了。是她先看到了我們的離別。買了調味料帶到即將分手的戀人家裡，準備著離別，那到底是一種什麼樣的心情呢？我每次看到這些排列整齊的調味料時，都會想——那到底是什麼樣的心情呢？而每次都會讓我的苦澀笑容混雜著甜與鹹。

無法寬恕的事

她是個理性、條理分明、共情能力很強的人。有可能是天生的，但同時也像是經歷了千辛萬苦之後她自身設立的一種防禦系統。不管是在聽誰的故事，她總會努力站在那個人的立場思考，再提出自己的意見。那是她很大的魅力，而我很喜歡那樣的她，也很喜歡和她聊天。

我們聊了很多。不管有沒有喝醉，只要睜著眼，我們都在聊天。聊我們倆，也聊我們倆身邊的人。雖然我不理性、條理也不分明，但我可以說無窮無盡的故事，像是我在背包旅行時遇到的騙子、一定要用圖表砸住院醫師的頭才能釋懷的教授、總是憨呼呼的母胎單身朋友、還有當場被抓到搞外遇的職場上司等等。

她聽了我的故事後，總是會客觀地分析情況之後才回答我。而她的回答中，總是有同樣的一句「那也是有可能的」。

「有那樣的騙子也是有可能的，但是個混蛋吧？」
「醫學院教授那樣體罰學生也是有可能的，但他真的是人品很不好吧？」
「這世上有那樣呆呆的人也是有可能的呀，但他怎麼在這可怕的世上活著呀？」
「搞外遇的人又不是一兩個，那樣也是有可能的啦，但真是個壞人欸。」她的回答總是這樣的。我的共情能力毫不遜色，而她經歷的不可思議事件也不只一兩件，漸漸地，「那也是有可能的」也傳染到了我身上。
我對她說的故事都會給予類似的反應，她有個朋友生下了超大型的寶寶、她有個前男友腳踏多船，她的九旬奶奶吃了三人份五花肉，還有她前輩在美國修讀ＭＢＡ後現在成為廚師等這樣的故事。
「啊，那樣也是有可能的，真是一個神奇的人呢。」
就那樣參雜著客觀分析他人的能力、對大家產生共情的能力，我們像競爭一樣互相傾訴著各自知道的、世上無奇不有的、關於別人的故事，連連說著「那也是有可能的」。

和她戀愛了很久之後，我們分享的故事逐漸從過去式變成了現在進行式。我們和對方分享著日常發生的所有故事，一起討論、接受並理解身邊人物的故事。我們也一起見了那些朋友，和他們聊聊天，說著「那也是有可能的」，然後繼續討論、接受、理解。對我來說，這世界似乎已經進入了什麼都可以理解的狀態，是一段幸福的時光。

日子繼續過著，到了那一天。我忽然發現我已經不愛她了，但是我自己也不知道理由。不是因為有了新歡，也不是因為我們相處的時間減少了。我也不自覺地從某一瞬間開始，也不知道是怎麼回事，看見她的時候無法感受到愛。很多人都會這樣感受到自己的心在離開，但卻不論用什麼藉口都無法解釋。可是我像往常一樣，不想對她有隱瞞。我覺得和她一起的時候，不管什麼事情都可以成為我們對話的主題，並可以理性展開討論，所以不應該有任何的隱瞞。我決定和她見面，誠實地傳達這事實。所以我在真正和她見面的那一天，我提起了這件事。

「我，不知道為什麼，但是不久前開始，我見到你的時候，都感受不到任何情感。不是我身邊發生了什麼事，你也完全沒有做錯什麼。但是，就像每個人都會經歷的一樣，像線忽然斷掉一樣，在我眼裡的你再也不像戀人，我對你一點感情都沒有。

我真的不知道怎麼解釋，但反正現在就是這樣。」

「那種感情通常不會回來的吧。」

「通常是那樣……」

她像是受到了非常大的打擊。平時不管說什麼都是果斷爽快回答的她，這次卻久久不發一語。她的眼珠上下移動著打量我。雖然看起來很難過，但她雙眼彷彿在使力，像是想要盡快想到什麼，並作出判斷。我沒有再說什麼，就是靜靜地看著她。她緊緊地閉上雙眼後再次睜開。她的瞳孔不再晃動，而她也開了口。

「好吧，是有可能的，那樣也是有可能的。我知道了。」

她站起來往外走了。在那之後，我們再也沒有聯絡對方。而我至今再也沒有見過她。

願望

「那個，你或許有聽過濟州島的山房山嗎？」

「嗯？有聽說過。」

「據說那座山的頂峰有著靈驗的力量。我當時不是去了一趟嗎？你還記得嗎？」

「啊……嗯，我記得。」

「以後如果你有什麼要許願的事情，就別去那個地方了。雖然和我的行程有點衝突，但我想要許願，所以就勉強自己過去了。人家說早上太陽升起前許願最容易實現，所以我刻意在前一晚就開車過去，在山腳下過了一個晚上。你也知道我早上都會賴床，但我在天亮前就定好鬧鐘起床，拖著疲憊的身體，一邊揉著眼睛，爬到了山房山的洞穴。我那個時候就在大汗淋漓的狀態下，對著升起的太陽，無比懇切地祈求著。希望我能永遠和你在一起，希望你不會變心，希望你永遠愛著我。」

「嗯……」

「但是，我都做到那樣了，我們還是分手了，而且還是超殘忍的方式。如此迫切的願望都可以這樣被撕成碎片，那個地方怎麼可能會讓什麼願望實現呢？山房山呢，其實是什麼願望都不會實現的地方，只能這樣解釋了。我連看都不會再看一眼那個地方的。所以，如果以後你有什麼要許願的事情，不管願望有多渺小，都千萬不要去那個地方，絕對不會實現的。」

分手進行中

「最近過得怎麼樣了？」
「就自己一個人在過啊。」
「為什麼？和她分手了嗎？」
「嗯，有一陣子沒有見面了，也有一陣子沒有聯絡了。」
「以後都會那樣的吧？」
「應該是吧，都和她一起那樣決定了。」
「那就是分手了啊。」
「……要那樣說也是可以的。」
「有那麼難以啟齒嗎？」
「嗯，我是獨自過著生活，一個人吃飯、看書、睡著。可是在那些瞬間裡，我都無法停止想要知道，她當下在做什麼。她也和我一樣一個人吃飯、看書、看電影嗎？還是她和別人見面了嗎？在做什麼呢？以前還在一起的時候，儘管是自己待著，也還是可以去想，她現在在做什麼、吃什麼、看什麼書，但是現在再也不能了。現在的我只能靠拼湊以前的時間，想像她的日常大概會是怎麼樣的。這種想法根本停不下來。所以，雖然說現在是我自己在過生活，但總是覺得比以前更加貼近她。」

「……」

「我也知道，我也知道自己該停下來。我知道不能再聯絡她，甚至也知道我們不會再見面。然而，我沒辦法說我們分手了。現在我的狀態根本不是分手，我只是一個人在過生活，而分手是在進行中。到現在，我和她的分手還在進行中。」

恐慌障礙

我是一名醫生，但我患上了恐慌障礙症。我甚至在急診室裡看過數千名恐慌症發作的病患，從他們身上學習並進行診療。因此，我可以非常客觀地讀取我自己身體上有的症狀。我身體的情況和我在書上看過的恐慌症症狀、過程神奇的都相符。雖然說從某種意義上來說是理所當然的，但是因為我的職業，照理說不該患上任何的病痛，所以有時候會覺得身為醫生，還會生病這件事很神奇。

基本上，恐慌症的發作會同時伴著過度換氣的問題。我過往都會習慣性地給過度換氣的患者們「恐慌發作（Panic Attack）」或者是「不安障礙（Anxiety Disorder）」的診斷名，我因此再次認知到，這是對於病症的深刻理解和洞察力所帶來的診斷。身體在恐慌或是不安的情況下，只能用過度換氣的方式來表達。在恐慌的狀態下，人通常都會急促地呼吸。調節呼吸這件事情，本身就很困難。人在封閉的空間裡，或是感受到不安和恐懼的情況下，這樣的症狀會更明顯地加劇。患者會習慣性嘆氣，就算靜靜待著，也會覺得身體裡的氧氣彷彿永遠不夠，所以呼吸頻率會逐漸加快。

可是大部分這種情況下，患者的呼吸系統都沒有異常之處。過度換氣是指將身體裡的二氧化碳過於快速地排出，並過度地供給氧氣，甚至會引發全身的鹼中毒。如果平時也持續出現鹼中毒狀態的話，各種症狀也會隨之而來。腦血管會收縮，導致頭暈，也會經常性頭痛。急速轉頭，或是快速移動，都會讓症狀加劇，所以這些患者只能緩緩地行動。他們的手腳會持續出現慢性麻木的感覺，四肢的感官也會稍微變得奇怪，或是遲鈍。他們會全身無力，甚至對他們來說，要握緊拳頭也是不容易的。

心臟總是讓人在意地大力跳動。因為心臟怦怦地跳著，會讓人覺得整個身體都在顫抖。如果不帶意識地去調節呼吸的話，症狀肯定會更嚴重。需要深深地、慢慢地呼吸，可是做起來並不容易。萬一不去調節而任由過度換氣發生，引發鹼中毒，接著就會引起典型的恐慌症狀發作。患者會手腳捲曲，精神恍惚，然後被送入急診室。我經歷了這種危機很多次。如果我不是醫生，不知道調節的方式，如果我沒有親自診療數千名的恐慌症患者，我也會成為他們其中之一。這麼看來，急診室患者怎麼說也算好不容易減少了一名呢。

有一次，我好不容易下定決心開始跑步，呼吸次數反倒開始減少，我的心跳也變得平穩。如果身體對氧氣的需求量增加，自然地可以調整鹼血的問題，通過肉體的消耗，精神上的症狀也可得到緩解。這和我讀過的資料一致。雖然持續跑步無法讓症狀完全消失，但我還是覺得得鼓勵患者們做運動。

醫學資料裡有注明，這類患者必須避開咖啡因和酒精。我對咖啡因特別敏感，就算飲料裡的咖啡因含量非常低，我也會痛苦得想死。極度的心悸亢進（讓本人覺得不舒服的心臟律動症狀）和達到極限的過度呼吸會被引發。我的大部分患者都會痛苦地哭訴著「自己快死了」，而我真的可以切身體會那種感覺。過量攝取酒精可以讓我馬上得到安全感，但是會消耗很多的能量。酒醒之後，前一晚消耗的能量都會以無力和不安回到我身上。晴朗的早晨裡睜開眼睛的瞬間，我都會覺得自己真的快死了。所以我到現在都還是想要強烈警告患者們要戒掉咖啡因和酒精。

極度不安導致的恐慌症發作狀態通常和我當下的行為完全沒有關聯。不論是在吃飯、還是淺眠之後在凌晨醒過來、通宵不睡覺、在電腦前工作，或甚至在與人對話的過程中，恐慌症都會突如其來發作。如果發作的那瞬間在吃飯，所有的食物都會變得噁心，再也吃不下去。不安感會一直占據著頭腦，平時的食欲也會減少。患上恐慌症之後，我才發現，可以好好把飯都吃完的生活是多麼幸福。

神經敏感也會導致睡眠困難，因為就算睡著了，恐慌症也會忽然發作。如果因為一次的發作而醒過來的話，基本上就不可能再入睡了。當然，恐慌症也伴隨著嚴重的睡眠障礙。頭痛和昏眩會讓人無法繼續思考，對於需要高度集中的職業來說是非常困難的。要讀書，甚至有時候要維持正常的社交生活也會稍微困難。有一次，我在眾人面前進行演講，忽如其來的恐慌症發作讓我一時無法接下去說話。我只能呆呆地站在那裡，演講差一點就要當場結束。站在眾人面前的我好不容易才清醒過來。就是這樣，恐慌症會對日常生活造成影響。都已經是這種程度了，真的很難高興起來。連不安障礙必經的憂鬱症也會伴隨而來。

對我來說，只有一個原因會讓我變成這樣，但是去思考這個原因只會讓我的症狀加劇。一開始，只要想起這個原因，我都會開始過度呼吸。但是現在，我甚至還沒想到原因，我的症狀就會發作了。現在成為病因的事件和我身體的疾病已經分開為二。大部分的患者都是因為一件事而出現首次恐慌症狀，但是就算忘記了，或那件事得以解決，病症也不會痊癒，留下的只有痛苦。事實上，經歷著恐慌症的人都是抱著絕望去適應的，像不管用什麼辦法都逃不出沒有出口的黑暗隧道。與恐慌症對抗的時間變得更長，潛伏期更是無限延長。普通人都無法理解為什麼身體健康的人會那麼痛苦，但是如果不是親自經歷恐慌症的話，是不會知道這是一種難以捉摸，並讓人痛苦迷茫，把人勒緊的病痛。

恐慌症發作很常發生。到現在為止，我在急診室裡見過的患者就已經有數千名了。

這些患者在急診室裡是最常由重症減輕至輕症的患者，因為就算他們說著自己「喘不過氣，馬上就要死掉了」，但是實際上幾乎沒有人因為恐慌症而過世。但是，當我自己成了患者之後，我深深覺得，應該更加全心全意應對恐慌症患者，哪怕只是一句溫暖的話。因為即使我是一名醫生，也清楚知道我不會因為這樣而死掉，但我也確確實實地經歷著那一段快要死掉的時光。

眼淚的原因

人一般坐在餐桌前，點餐後看著空空的餐桌，會開始覺得肚子餓。我像在食物上桌前感受到空虛，像對即將上桌的食物覺得焦急萬分，在和你約好之後，我就非常想見你。我對你的思念在和你見面前的那一刻最深，最難以忍受。為了見你，我從家裡出發，想到你也在往我的方向過來，我逐漸急躁、心癢難忍，最終在你傳來信息說你已經到了附近的時候，那黑暗般無助可憐的感覺，夾雜著嗡嗡聲，伴著愛情的感覺，一下子湧了上來。我只能哭了。這就是，每次你來見我的時候，我都在擦眼淚的理由。那不是悲傷，也不是可憐，僅僅是因為想你想得無法忍受的時候，你剛好出現了。

留給人類的悲傷

我有一個還蠻奇妙的習慣。如果看到短髮、身材嬌小的女性，我都會被嚇到。順序是這樣的：

①發現那個人的時候，心中會先驚叫一聲。
②只要對方不發現我，或是在不會看起來很奇怪的情況下，我會小心翼翼地去確認她的樣子。
③覺得安心。

雖然開頭的解釋很短，但從「小心翼翼」或是「只要不會看起來很奇怪」這些詞，就會猜到原因，那就是從前的戀愛史。前任在一瞬間內對我宣告了分手，然後就消失了。

從那天開始，我們也就失聯了。我也沒辦法，明明知道不可能是她，但走在街上的時候，我都會忍不住尋找她的身影。然後再若無其事地想著，犯人都會在自己的犯罪地點再次出現。我則是無意識的在她說過喜歡的地方、或是在她社交網絡上上傳的地方徘徊，自己吃飯、喝咖啡、喝酒，開始尋找和她相像的人。

首先，遇到要排隊候補的時候，我心中都會有一種噔愣的感覺，然後會去確認是不是她。當然，那些人都不可能是她。但我自己還是會重複這個動作。該說是誠實的徒勞無功嗎？這最終成為了我的習慣。娛樂街已經是必然，連在家門口，還是美容室、超市這種地方，我的習慣也會不自覺流露。甚至去到鄉下演講、到國外旅行，我都還是會不自覺地尋找嬌小的短髮女性。

無論如何，每次出去都在做這種寒酸的行為是不會有好結果的，我不曾在街上遇見她。雖然最終我們還是有聯絡上，見面徹底結束掉這一段感情，但是我們依舊迎來了比再也不見更糟糕的結尾。然而，我不會覺得特別後悔，因為我盡了全力，知道再也沒有可能了。反正，在我一番坎坷的時期裡，我也習慣性地在街上尋找和她相似的身影。因為只有她，讓我即使在街上偶然遇見，也要提前做好準備。

雖說如此，時間流逝，與她相關的回憶逐漸模糊。離我們最後一次見面、聯絡也有很長一段時間了。我對她現在在做什麼逐漸失去好奇心，如果再次見面的話，大概也只有覺得不舒服。但怎麼說，我們是該看、不該看的都已經看過的關係，我終究還是希望某種程度上她會好好的。雖然如此，我的心只要看到短髮的嬌小女性，還是會習慣性地作出反應。應該說，我的心已經完全被感染了這個習慣，現在已經沒辦法改過來了。

就那樣過著生活，某一天，我在咖啡廳裡坐著，完成一份隔天要上交的原稿。即使一直對著電腦工作，遠處走著過來的一名女性忽然進入了我的視線範圍。

是她，真的是她！

不是因為是短髮的嬌小女性而認出的她，她就是她。我們曾一起度過了一段很長的時光，我一眼就能認出她。我在那一瞬間，忽然覺得我的習慣真的很荒誕，畢竟如果真的要找到她，我根本就不需要靠外形或是打扮，就能認出她。咖啡廳很大，我又坐得很遠，她最終沒有看到我。我看著她，各種想法都冒了出來。

「她還是會穿那條褲子呢。噢，拿香菸的樣子一點都沒變呢。最近過得還好嗎？」

過了一會兒，她在離我很遠的位置上坐下。我準備再次投入工作，但同一個空間裡的前任太讓我在意了。雖然真的沒什麼，但是也不能完全說不在意。我的工作忽然卡頓。

「為什麼她偏偏要來這裡啊……」

我為了把她忘在腦後，開始收拾東西，來到最近的一個地鐵站，想著要回家，一邊吃著昨晚蒸好的地瓜，把工作完成。

走了大概有十分鐘吧，有個穿著風衣、留著短髮的嬌小女性走到了我眼前檢票處的位置。在那一瞬間看到她背影的我，有種心一沉的感覺。我甚至反射性地想要去看看她的樣子。然後停頓一下，想了想，我再次被自己嚇到。那名女性，絕對不可能是她。我甚至是連她本人在哪裡都知道的情況下來到這裡的。理論上真的是一個完美的無意義行為。但是我的心自己做出了反應，我受傷的心自己做的決定。

所以回家的路上，我想到了永遠地留給一個人的悲傷。悲傷的原因已經膠著化，甚至已經離開很遠了，但是對那個人來說，當時的悲傷讓他有多麼徬徨的證據依然殘存著。悲傷永遠都留給了那個人。不管是誰，他都會想去確認這份悲傷。和世上很多的故事一樣，現在就算是徒勞無功，都依舊想要伸手抓住，畢竟總有人得永遠帶著這份對悲傷的中毒和習慣活下去。

不安與孤獨

那天晚上，我一個人待著，卻因為覺得痛苦得快死了，所以去了朋友的家。朋友住在比較破舊的單間公寓裡。我們在外面一起喝了適量的燒酒，然後買了啤酒回到了朋友的家裡。窄小的家裡，某個角落放著一個不大的魚缸，很顯眼。魚缸裡面有一隻手掌大小的淡水小龍蝦。我帶著有點醉意的眼神，盯著魚缸看，然後發現了幾隻不留意看都不會看到的透明小蝦。

「你連蝦子都養嗎？」

「啊，那只是活飼料，讓小龍蝦吃的。」

「但它怎麼都不吃？它們還一起生活欸？」

「那個，原本我給多少，它都會抓來吃，但後來長大了，可能覺得麻煩，所以偶爾才會抓來吃。」

「它不餓嗎？」

「它通常吃一次可以頂上一個禮拜。但過了一個禮拜，我會忍不住又餵它。」

「那裡面為什麼那麼多小蝦子呀？」

「原本只有幾隻的，但它們在那期間繁殖了，一直在增加。」

「嗯，那樣的話算是自給自足嗎？活飼料生下了更多的活飼料，然後一起變成活飼料的良性循環？」

「算是吧。」

我瞬間陷入了思考。

「那這些小朋友們這一輩子就在這窄窄的地方，和一個比自己大上幾萬倍的天敵一起生活欸。像和自己的主管早上一起洗臉、一起上班工作、一起下班搭地鐵、一起吃晚餐、再一起看電視看到睡著。」

「欸……聽你這樣說，還真的蠻像的。」

我靜靜地看著不知道自己什麼時候會被吃掉，在窄小的魚缸裡游來游去的透明蝦子，還有笨重地移動的小龍蝦。小蝦子們在這個狹隘的世界裡，與會把自己一口吃掉的無敵大天敵一起吃飯，呼吸，但依舊本能地繁殖，堅韌地活著。

那它們什麼時候會幸福呢？說不定，它們從出生的那一瞬間，幸福就被剝奪了，不是嗎？活這一輩子都無法感受到幸福或是安穩的存在……想到這些，我默默地看著它們，有的各自、有的一小群，露出自己透明的內臟，在和小龍蝦有一段距離的角落裡游來游去。然後我自言自語著，

「大概會好孤單、不安、孤獨，還有，大概會好想死……」

厭食症

「你知道那個女團吧？你之前和我說你喜歡的。她們幾個人呀？」

「嗯，八個人。現在變成七個了。」

「還有一個中間去哪兒了？」

「退出了。之前說是短期休息，但現在完全退出了。」

「為什麼？」

「說是厭食症。」

「厭食症？那個吃不了飯的病嗎？」

「嗯。就是覺得吃飯很痛苦的那種病。」

「只是覺得吃飯痛苦罷了，那為什麼不能繼續進行活動啊？就是不吃飯而已嘛，和演藝界的活動沒有什麼關係呀。而且女團本來就因為要減肥，所以都不吃東西的，不是嗎？」
「那個……」
「嗯？」
「你從來不會覺得吃飯很痛苦吧？」
「不知道欸。通常如果沒吃一兩頓的話，就會很餓。除非是肚子不舒服的時候。」
「這世上有這樣的事情喔。不想吃飯，但是知道再餓下去也不行，所以弄了一人份的食物，勉強吃一口，但完全吃不到味道，剩下的食物看起來像從不知道哪裡的海邊用湯勺挖回來的。每次都覺得一人份太浪費，現在卻連吃下去都沒辦法，只能將剩餘的食物倒入洗碗槽，然後因為不知道食欲什麼時候會回來而感到絕望。」
「我不理解……」
「所以說，沒有經歷的人，都無法理解。人類對吃的欲望很強烈，只要餓上幾頓，就會頭暈目眩。討厭吃東西的這個病，正是人最糟糕的狀態。不是因為身體不舒服，而是因為心理上拒絕食物。這種人會幸福嗎？難道是正常的嗎？你想想，明明一整天都會覺得食物很反胃，連靠近都沒辦法，卻需要時時開朗、充滿活力地在人們面前笑鬧著。很奇怪吧，又不是機器人。那樣的話沒辦法支撐很久的。所以患上這種日常生活都不能好好過的病，沒辦法好好吃飯、好好睡覺，因為太緊張而無法出門，無條件地都會憂鬱。不會憂鬱的人一開始本來就不會憂鬱。那不只是吃不了飯的問題，而是那個人一直都會想要自己的生命結束。我聽到那個成員因為厭食症而要終止活動的時候，你都不知道我覺得多萬幸。幸好她還有力氣去表達她有多痛苦，幸好她還有力氣去支撐自己活下去，幸好。」

空氣的味道

那是個春天的夜晚。黑暗中還遺留著冬天冰涼的餘韻，也有對於有生氣的溫度的期待感。有著學生時期那種心動的感覺、有想念著旅行的感覺，還有著醫院裡揮之不去的那種臭烘烘的感覺。這種紛至沓來又散去的交織心情，一方面讓我想沿襲回憶走下去，一方面新的感觸卻又讓我陷入沉思。在這種混亂之中，我抱著自己的膝蓋，在各種浮起的感情中，試著去適應他們。遙遠和臨近的過去交替著，我最終無法長期承受春天的夜晚。每一年的春天，我都會放任自己喝得很醉，像個傻子一樣，無法拋棄每一個過去。

我在春天遇見了你。春天的陽光照耀著我們，微風輕撫著我們。我們悄悄地走進對方的生活，很快地敞開心扉，並沉醉於此。我們說要一起到遠處去看看春天，說那裡的春天會不同。我們說到陽光的溫度和微風的溼度，說到在那裡會喝的甘酒，還有比誰都美麗的你。我們不斷喝醉，直到進入春天的那天，我們早早就起身，前往我們曾經說到的那個城市。旅行的路途並不短，我們在車上面對面坐著，直到抵達那個城市。在那城市裡的火車站對面，河堤上的長椅上，我們互相枕著看了春天。我們以陽光為食，以春天為飲。有的花沒有盛開，或是全都凋謝了，而那成為了我們的全部。最終，我們彼此沉醉著，蹣跚地回來了。我不太想得起我們回來的路途。春天讓我們一朵花都見不到，卻在對方眼裡刻印了自己的身影。

花謝，是因為大家一直都相信花總有一天會再盛開，也因此從來都沒有一個人看到永遠盛開的花。

在那天以後，我們計畫了幾次的旅行，卻都不如那一次那麼遙遠。或許也是我們本能地選擇不去。我甚至也想過，屬於我們的那幅篇章是否會出現

我們來到了一段要說「我愛你」都是岌岌可危的時期。溫度升高，你被太陽曬得臉都皺在一起的時候，我還是一樣喝醉了。在你說出要離開的時候，我低著頭，祈求著說我什麼都願意做。

那時候的她，像是希望能永遠地離開，像是如果她回到我的身邊，春天就會留下，我們也會就此迎來悲劇。

自從我們說到無法去到遠處旅行的時候，我就知道了。知道春天只會是困住我們的回憶，知道每年的溫度和微風混淆在一起之際，我們對彼此刻印的感情也會動搖的這

個事實。反正沒有回憶是不疼的，像拍落在海上的雨水，像最終會凋謝的花朵，一切都會死去。

身高和體重

「等等，嗯。一七四公分，七十二公斤。」

在她說出那句話的時候，我根本藏不住我的詫異。我今天第一次和這個女人見面，甚至我們也才見了五分鐘左右。我二十多年來都是一百七十四公分高，昨天量的體重是七十二．二公斤。剛剛的她像是把我全身仔細地探索過一遍，然後準確地說出了我的身高和體重。因為我比看起來的還重，所以要猜到我的體重並不太容易。好吧，仔細一想，也從來沒人會努力去猜測我的身高和體重這些不重要的東西。這個女人突如其來的猜測讓我驚訝也同時讓我有些慌亂。瞬間也有一種被她徹底看透的沁涼感覺。

我偷偷地讓手腳使力，試著感受自己身體的重量。雖然是我自己的身體，但是我對自己的體重還是茫然的。我回過神來，看了看她的臉龐。在她的臉上，我完全找不到普通人在猜測之後會想知道自己有沒有猜對的那種表情，她的表情更像是剛念出體重計上的數字一般的淡然。

我回答道：

「我是一個為失去意識的人看診的專業醫生，平常都需要為他們決定適當的藥量，或是設置呼吸器。他們都失去意識了，所以我沒辦法直接為他們測量體重，也無法問他們。我會通過打量他們的軀體，或是看看他們的腳，估量著他們的體重，然後決定投藥量。我就這樣做了十年。某種程度上，我可以用眼睛看出人的體重。可是我也知道，要準確地說出體重基本上是不可能的。每次有機會測量那個人的體重的話，總是會有一、兩公斤的差距。如果只看人的外表估計他的體重的話，不知道為什麼，但一定都不會猜中。那是因為那個人看不見的部分，譬如說腸胃、還是體液，甚至是靈魂的重量，都各有不同。我一直都覺得那是別人絕對無法解讀的，那個人專有的周波。可是你是怎麼那麼清楚地讀取的呢？你看得到那種東西嗎？」

大概是很常被問到吧，她很冷靜地回答道。

「是的，我看得到那些。雖然不是特別容易，應該說是一種既視感嗎？一個人的氛圍，或是他走過來的氣息，我都能夠用數量來感覺得到。在我心裡的秤上的數字會一直上升那樣吧。啊，剛剛經過的男人，他是一百八十四公分高，七十四公斤重。但我對小數點還沒有足夠的自信。你的秤從七十二公斤還有上升一點點，但很難判斷是七十二・二還是七十二・三。所以我告訴你的時候，把小數點後的數字捨去了。」

「是七十二・二公斤。」

「啊，果然沒錯。這是我們家族流傳下來的一種能力吧。我和妹妹都有，我妹妹甚至可以做到答對小數點單位。所以，每次我猜對別人的身高體重時，大家都會不約而同地表示神奇，但當我妹妹連小數點都猜對的話，大家又會很害怕。他們自己都不知道準確的數字，之後測量的時候卻又完全一致。有些人會生氣，也有些人會問我們耍了什麼手段。我和我妹妹的體重，反而都會讓人猜不出來。有些覺得被我們看破了靈魂的人，會拼命地猜測著我們的體重，最後發現全都猜不準的時候，會再次覺得震撼。能猜到我們體重的人，只有我們彼此。我們每天早上都會偷偷猜測著彼此的體重，由此開始新的一天。我很常想著，這種行為像是給予我們血族的一種象徵、暗示，任誰都搶不走。」

「嗯……」

我想像著，兩姐妹以這種誰都無法插手的能力，默念著對方的體重，開始新的一天。是個普通人都無法理解的祕密意識呢。讓人能把世界看透的準星，既視感，還有圍繞在她們身邊的人。我拼湊著腦袋裡的各種想法，看著淡淡微笑的她的眼睛，開了口。

「剛剛你猜中我的身高體重的時候，我有種被你掏空了的感覺，像失去所有想法一樣，空虛感也伴隨而來。我覺得自己心中有一部分就這樣被你拿走了。我在那一瞬間忽然希望你不幸，或是變得不幸。看著你、對你陷入愛情，或是想要和你分享愛情的人一定很多，因為人都會不自覺地跟著掌握自己靈魂的人。可是那些人都會同時覺得空虛不安，甚至對你有點恐懼。極其愛的同時，又要承受著恐懼眼神的人，最終會變得幸福嗎？大概不會。你很明顯就是個神祕的人，你的血液裡流著可以看破靈魂的能力。那是個無論如何都無法解釋的能力。可是很確定的是，你一直都不幸地活了過來。這一定沒錯。」

「您很理解呢。」

她現在將視線從我身上移開，看向了窗外。她身前的冰美式咖啡裡，冰塊快速地融化著，她用紅色的吸管攪拌著，看著窗外的路人，像是把他們一個一個放到秤上。那個眼神，不像是在感受著自己的既視感，也不是估算著靈魂的重量，只是在靜靜看著與自己擦身而過的無數種不幸。

螞蟻

我有一天在家裡看到了螞蟻，是那種小隻的紅螞蟻。這是我不小心把食物撒到地板上後，沒有馬上收拾的後果。原本只有幾隻，但逐漸失控，開始越來越多。他們雖然看起來很健康勤勞，但肉體很微弱，就像慣用句中出現他們名字時的比喻一樣。如果用吸塵器清理的話，他們的頭和身體將會被分離，然後被吸入垃圾桶裡。可是吸塵器只是在清理當下，未來潛在的螞蟻卻無法被處理掉。這些螞蟻不屈服於屠殺，繼續在我家裡活動著。

一旦開始伸出了魔爪，那個集團就不再容忍一絲絲的不乾淨，像是干涉人類生活的金絲雀。不論是麵包還是零食，只要放著一小塊，他們就會大搖大擺地開拓險路，瘋狂派對。一小塊的失誤，不一會兒就會長滿黑麻麻的螞蟻。我不在的時候，沒有受允許的生命體在我的房子裡活動，這個事實讓我覺得噁心。比起看著他們，或許看不到的時候更噁心吧。就算出門前用吸塵器把它們的身體統統處理掉，但是只要想像到它們會在我意想不到的地方開派對，或是想到我的物品都可能不會在我放置的原位，不安感就會把我淹沒。每次出門回家，我都心急地開燈，然後用吸塵器把它們都弄走。

然而它們依舊無止盡地出現著。我有一天終於忍不住，把家裡徹底打掃一遍，一點餘地都不留給它們。首先，我把所有的食物都收進了冰箱裡。然後，我隨著它們出現的路線，發現了碗櫃下面的米粒，還有零食碎片。然後也發現了它們會從同樣的方向開始，然後隨著同一種形式移動。它們有個小孔，連接著它們那未知的生活空間，還有我家的中心。我用膠帶把那個小孔封住，然後用吸塵器除掉了找不到歸途的剩下幾隻螞蟻。打掃了家裡，封住它們的出入口後，它們安靜了下來，大概是在尋找擴展自己領土的新辦法吧。果然第二天，螞蟻們就從另一個孔出來，在空蕩蕩的屋子裡溜達，最終又承受了吸塵器的洗禮。

我只要一發現，就會將出入孔堵住，為了不留下任何進食的痕跡，我還在洗碗槽上吃飯。甚至還想過，要不然直接放棄在家裡吃飯好了。可是總會有新的出入孔冒出來，我也無法一直餓著。儘管門檻已經用膠帶都覆蓋著了，但是它們還是悠然自得地在我家裡溜達，而且數量還逐漸在增加。漸漸地，整間屋子像是都需要用膠帶覆蓋著，餓肚子這個辦法也變得困難。危險正在擴大中，而我對於那未知空間的擔憂和妄想亦是如此。

從睡房開始到客廳都要用吸塵器打掃螞蟻已經快變成日常。

我最終決定到藥局去買回螞蟻藥。螞蟻藥的種類並不多，有俐落的黑色塑料陷阱，也有蘋果模樣的透明塑料容器，裡面裝著顆粒和液體，長得有點噁心。價格也是後者貴了兩倍，果然粗製濫造的都比較強烈吧。我果斷地買了價格貴了兩倍的那種螞蟻藥。說明書上寫著，不知道哪種螞蟻偏愛哪種藥，所以要將兩種藥都放在容器裡，把容器放置在出入口，或是螞蟻出現的地方，就是雙管齊下吧。我用剪刀把包裝剪開，然後把螞蟻藥放在了最近發現的螞蟻孔前面。經過的四五隻螞蟻對於發生的事很好奇，停下來看著我。我輕輕地把它們趕走，然後觀察了接下來會發生的事。

我開始看見他們對於藥物的反應。果然新買來的新鮮食物，不只是對人類，對於其他生物也會引起興奮。不久後，我家裡的螞蟻們黑壓壓地圍繞著藥物。從害羞的朋友們到潛在不請自來的客人也都聚集在一起。它們都比較喜歡液體藥物呢。堵著同一條道路的它們，為了吃到毒藥，開始互相擠兌，如火如荼地在爭鬥著，我甚至彷彿聽到了它們的吶喊聲。它們遇到了我設置的毒藥，卻像是遇到了這一生最大的幸福。我的心情很奇妙，但我也不插手，就靜靜看著它們。

到了隔天，它們還是離不開螞蟻藥。不知道是不是藥物中毒性比較強，我在餐桌上吃著淋上蜜糖的年糕時，他們連看都不看我一眼。它們那麼活躍，努力地長時間吃著藥，我甚至有種它們反而會變得更健康，再次回歸的錯覺。但我很清楚這種藥物的成分。螞蟻藥屬於毒性學的範疇，因為真的有人吃過螞蟻藥。

這種藥物的系列很廣泛。很幸運地，會對人類產生毒性效果的藥物幾乎都不在市場販售，但有販售的對螞蟻卻都很致命。原理上，這些藥物大部分都會導致神經中毒，而以國際條約上禁止的武器全都是神經系統相關的程度來看，殺傷力是非常大的。螞蟻們只要接觸一點點這種藥物，基本上就是確定死亡。如今甚至已經開發成，螞蟻不會馬上死亡，它們還可以和同僚一起分享。時間過去，這些藥物分享給它們的同僚，甚至包括蟻后，所有的螞蟻都將會經歷神經麻痺，失去控制四肢的能力，從而滅絕。看著它們一片黑壓壓的身影圍繞著藥物，不知道為什麼，我甚至想要警告它們說，那是非常危險的食物，想要讓它們趕快停下。可是他們依舊撲通撲通地，置身在藥物的周圍。

又一天過去了。家裡真的是一隻螞蟻都看不到。我不管有多草率，不管在桌上撒了餅乾、蜜糖、巧克力、糖霜、巧克力曲奇、糖、水果酒、還是薯片，一隻螞蟻都沒有出現。我把貼在門檻的膠帶撕了下來，幾天來都無緣無故地擦著地。有種如果懶得打掃，也會懶得生活的感覺。我有時候會看著我放置的螞蟻藥，它像過氣藝人一樣孤零零地被放置著。這間屋子裡，只剩下無人問津的螞蟻藥，和我一人。

聚光燈

回想起小時候，陷入愛情的那些模糊的瞬間，總會有一個人在萬人之中特別閃耀。在一群穿著同樣校服的學生中也是，大學新生時期一起在講堂裡聚集的時候也是，在寬闊的酒館裡大家三三兩兩坐著聊天的時候也是。如果沒有和那個人說過話，甚至也沒有機會去認識那個人，我還是會在那麼多人中找到那個唯一讓我陷入愛情的人。我們之間的人事物逐漸從我的視野裡變得模糊，我呆呆地看著你，連你的一根髮絲都不錯過。你的一舉一動、一眸一笑，讓我的心臟發麻，讓我發現，我分明是陷入了愛情。那些瞬間湧上心頭的事情，在我模糊的記憶中，是陷入愛情的瞬間。

可是從那之後，時間飛逝。看過一遍不熟悉的空間、或是人物，現在的我再也不會對不認識，或是沒有說過話的人陷入愛情。現在的我，就算在人群中看到特別顯眼的某個人，也只有對陌生人的恐懼，或是想到無法與她建立關係的各種理由。現在的我，如果要特意地和某個人談愛情，那會是在對於愛上眼前人的可能性反覆推敲之後了。如果是這個人的話，敞開心房也是可以的吧？或許是足以讓我陷入愛情的人吧？但這選擇有一天只給我無法挽回的後悔，或是傷痛怎麼辦？

愛情，怎麼會變成那麼悲傷的事情呢？

讓人群中的我們瞬間陷入愛情的，像乘著花轎過來的那個人，像閃電一般闖入我生活的那種敏感的瞬間，到底消失到哪兒去了呢？

上野的 K

我第一次見到 K 是在敘利亞阿勒坡的一家旅館。現在說起來還是難以置信，但是當時的敘利亞是旅客的天堂，阿勒坡是從土耳其跨境後，旅客們正式開始中東旅行之前會停留的一個城市。我在旅館的桌子邊，第二十一次讀著已經讀了二十遍的詩集。她剛剛洗好澡，正用毛巾擦乾頭髮，二十四歲的我就這樣第一次見到了二十四歲的 K。我的詩集是韓文的，而她的旅遊手冊是日文的。

「你接下來要去哪裡呀？」

「阿布辛拜勒。」

她先把頭髮擦乾後，坐了下來和我一起喝了啤酒。

「你自己來的嗎？」

「嗯，自己搭了西伯利亞公路的列車來的。」

我和她都是獨自出來旅行的人，橫穿中東的路線也只有一條。我也點了一瓶啤酒，我們馬上就成了朋友。在那唯一的路徑上成為朋友的定義就是，一起享用每一餐，一起參觀了各種遺址之後，再一起搭公車去到下一個城市。第二天早上，她和我搭了同樣的公車，前往敘利亞的荷姆斯。

在那之後，我們一起跨過了五個國境，繼續著我們的旅程。大馬士革、貝魯特、安曼、耶路撒冷和樂蜀。現在回頭想想，都是夢一般的城市呢。那些事跡都無法一一在這裡敘述。我們和很多朋友一起喝了很多的酒，盡情地聊著天，度過了醉醺醺的時光。在告別離開、回到各自國家前的最後一個晚上，在開羅的 Safari 民宿裡，我對 K 宣布說：

「為了和你聊天，我會去把你的母語學起來。K，只要能更自由地聊天，對我來說就有價值。」

她在那個晚上，終於把她自己隱藏至今的祕密說了出來。

「其實……我是英語專業的。」

我們在相近的時期裡回到了各自的國家，過著各自的生活。畢竟我們還是得過屬於自己的精彩生活。因為是沒有社交網站的時期，所以我只能透過發郵件給對方，來傳達我生活中的消息。即使物理上的距離還是很遙遠，我們依舊堅持交換郵件。機票昂貴，還得申辦簽證，我也一直沒有去過日本。但是，我很思念 K，非常想見她。交換郵件的關係大概持續到一年以後就暫停。在那一年裡，我們交換著郵件，都是一些「開學了」「考試了」「找到工作了」「這次的科目是腎臟學」這樣的消息。

我最終去了中國留學研修，度過了熾烈又徬徨的學生時期。接著又忽然決定要去澳洲。趁著放假的一個月，我想在那裡待著，在那裡寫著詩篇。奇跡般地，我買到了在日本轉機的便宜機票，轉機的城市恰巧是東京。我知道 K 居住在東京，但是我並不知道準確的地區。畢竟我們也不怎麼用郵件聯絡了。但我依舊在出國前一天，匆匆忙忙地給 K 發了郵件，約她隔天在東京見面。

第一次去東京就要決定在哪裡見面。我找到了地鐵的路線，然後真的隨意決定了場所。機場出來就可以到達的上野，大概是重要的交通地帶，應該可以吧。位置的話就在淺草站反方向的火車站最前面的站臺好了。

「K，我明天會搭早上的飛機到東京。一點半，我會在那個地方等你。不知道你會不會看到這封郵件，我只會等三十分鐘喔。」

其實這是一件近乎不可能的事情。這封郵件，得開電腦檢查郵箱才能看得到，而和她最後一次交換郵件也已經是一個月前的事了。或許K住的地方離上野很遠，也或許她出門旅行了；或許她在那個時間裡已經有了別的約定，再或許其實從上野到淺草站方向的路線只有一條。不要說智慧手機，連手機都沒有，在那個寬闊的火車站稍微搞錯的話，也無法再次見面。結論就是，K得出來見我，我們才會有機會見面。

可是不知道為什麼，我覺得K就會在那裡。從仁川機場出發，我到達東京之後，在安檢櫃檯領了轉機的簽證。搭上機場線的火車出發後，我想著K，數著我們見面的各種可能性。陌生的日語路牌閃耀著，這是個非常忙碌的火車站。火車前往一個像原野的地方——淺草站。最前面的站臺在一個很孤獨的地方，我在那裡開始等著K。

我其實不知道自己想了什麼。看著第一次見到的日本火車，還有原野般的風景，我在想命運之類的事吧？K比約定時間遲了五分鐘。她的眼眶有些潮溼。

「原來還有這種地方呀。天啊，我兩個小時前才看到郵件。我家離這裡很遠。上野的淺草站反方向的火車站最前面的站臺？你真的瘋了欸。前一天才聯絡，第二天就出現在這裡，真的是你的風格。居然兩年了。你過得好嗎？」

在那之後，只要說到不可能的事，我都會想起上野的K。只要想起關於無法觸碰的心意，或是想念遠方事物的時候，還是無論如何都傳達不了的真心，都會想起那一段，送出說著「我會在那裡」的郵件然後就在原野般的火車站等著K的時間……那怎麼說也是一段讓人心臟發麻、讓人心臟彷彿被大石擊中，奇跡般的瞬間。就如那樣迫切想見到的K眼眶潮溼著出現一樣，一直思念著的話，總有一天會見到，即使是那一些看起來不可能發生的事情。

生活

✧✧✧　1　✧✧✧

睡眠時間要充足，但不能過量。早上早早睜開眼睛的時候，即使想到當天沒有行程，也不會再次閉眼。一天裡可以保持神智清醒、能夠專注做事的時間並不多。這些時間都要好好珍惜。但是，如果覺得神智不清的話，我會毫不猶豫地繼續睡下去。

✧✧✧　2　✧✧✧

如果不是急事，我通常都不會打電話。如果不打電話，能接到的電話也會逐漸地減少，知道不再有。沒有太多重要的事情，會讓我打破對某件事的專注而去和誰通電話。想著孤獨會是力量，而孤獨最終成了我的力量。至少是不用把身邊的雜事馬上向某人傾訴出來的程度。智慧型手機和新聞網站是無法避免的罪惡。能看的就看，或是盡量不去碰，從哪個角度來說都是好的，也不會造成壓力。現在看著的新聞，可以以後再看。我下了決心，如果不能完全消滅，那至少不會因為這些而虛度時間。

✧ ✧ ✧　3　✧ ✧ ✧

我一個月裡會讀大約二十本書。讀更多書的話，讀書的精確度會下降，或變成隨意選書的狀態。我會利用充分的時間去享受一本書，仔細地咀嚼著每一段文章。久而久之，我習慣到哪裡都會帶著印刷的書籍。基本上都不會特別選擇時間，持續不休地讀著書。寫成書的字，大部分都不愚鈍、不輕率，反而很慎重。比起說出來的話，或是無根據到處傳播的文字，書上的話都比較好。我努力讀至少一本英文書。雖然很痛苦，但是是一個會有回報的習慣。讀完之後，我會寫不計長短的書評，記錄我曾經讀過這本書，或是把好文好句摘錄下來。那些紀錄，在以後也會成為我的長期資產。可以再次看到那本書的精髓，也有很大的機會從當時喜歡的文章句子裡，再次獲得靈感。

✧ ✧ ✧　4　✧ ✧ ✧

我參加了一個月一次的詩歌朗誦會。朗誦自己新寫的文字很有趣，那也會成為我的繆思。

我都會在週末出去踢球。運動後大汗淋漓的感覺總是很棒。此外，太陽下山，足球漸漸變得無趣，成了讓人靜下心來的夜晚時，我會做半小時的重量訓練，然後跑步一個小時。運動的時間從來不會因為覺得是浪費時間而減少。沒有任何的時間能比那一段運動的時間更加充實、有成就感。跑步能讓我轉換、整理我的想法，我總會有意想不到的想法、主題。輕鬆地，不需要硬撐，慢慢地，孜孜不倦地在跑著。

✧✧✧ **5** ✧✧✧

平日裡，我都會去玩音樂。玩著不同樂器的人聚在一起，互相配合著。從音樂家的角度來看的話，處理音符和聲音的感覺都會明顯地變好。那也會讓人得到某種的快感。特別是當我自己在聽自己的演奏時，會逐漸變得熟悉，在別人面前演奏也不會那麼害羞。除了抽空參與樂團練習，我也會另外在一個星期裡練習古典鋼琴兩次，每次練習兩三個小時。一個小時會集中練習我喜歡的蕭邦、巴哈、貝多芬、德布西、拉赫曼尼諾夫等人的音樂，剩下的時間會挑選簡單的樂譜練習。像讀書一樣，我會以和音樂家們對話的心情演奏，也會抽空看看音樂理論。

✧✧✧ **6** ✧✧✧

✧ ✧ ✧ 7 ✧ ✧ ✧

我身邊經常會有人放音樂。會選擇符合自己取向，又適合當下氣氛，偶爾還要調節氣氛的音樂是一種能力。我會在聽歌時持續地創建新的音樂播放列表，然後一邊記下歌曲。我會選好每週新推出的專輯播放，其中會先選擇我喜歡的音樂種類。喜歡的歌曲在日後都會隨時聽，直到耳朵覺得熟透的程度，以便可以讓心沉澱下來。就算不是我喜歡的種類，我也會聽聽看主流歌手的音樂。總會有新世界門忽然打開的機會。身邊朋友們推薦的歌曲我也不會忘記去找來聽。他們大部分都可能是可以和我有同感的人，他們推薦的音樂亦是如此，這可以成為讓生活獲得滋潤的決定性習慣。

✧ ✧ ✧ 8 ✧ ✧ ✧

為了不讓我學過的外語被嘲笑，我都會在有空的時候讀書、寫字，嘗試去記得它。就算不需要馬上用到，我還是會讀相關書籍，或是通過展開思考來維持思路。時間充裕的話，我會復習，然後去參加語言檢定考試。雖然不是必要的事情，但是總有一天，我會需要這些，讓我人生中會有幾次好玩的事情發生。

✧✧✧ 9 ✧✧✧

打掃是一個不需要太多時間或是太多精力也能帶來非常大影響的活動。雖然有點慢，但我都會撥出一點時間仔仔細細地打掃家裡。就算有人忽然到訪，也不會因為家裡太髒亂而覺得不好意思。

✧✧✧ 10 ✧✧✧

獨處的時間讓我成長。可以擁有獨處的時間也是一種幸運。如果有機會自己一個人，我都會覺得很感謝，更不會虛度那一段時間，盡力把每分每秒過得充實。

✧✧✧ 11 ✧✧✧

我都會親自料理三餐。做家常菜需要直觀的能力。我都會在腦袋裡規劃著可以從冰箱裡拿出來用的食材，或是要怎麼組合調料、要如何料理食材。就算是從簡單的料理開始，料理的實力也一定會日漸進步。有時候我會試著做至今從未嘗試過的料理，或是挑戰泡菜這種比較複雜的料理。久而久之，這些都會被納入我會做的料理菜單裡。將來的某一天，這些都會成為包含我的家庭裡的家常菜。只要時間充裕，料理會成為我與未來會和我一起吃飯的人，或是以後人生的一個好習慣。

✧✧✧ **12** ✧✧✧

我一直都不停地想著，我需要寫作。實際上，想到什麼就要先記錄下來是最好的習慣。然而，為了要讓那些想法和紀錄成為最棒的，我們要持續地努力。如果有什麼問題、話題或是討論主題，不需要馬上就把那些當成素材來用，一定要往別的方向嘗試，或是從別的角度來觀察。如果能掌握我們的視角，或是對方的論點等等，要寫好文章的立場就會很顯眼。只要發現了立場，就不會猶豫，馬上寫下來。重複並反思著這個過程後，我能在不自覺的情況下，自然地在腦海裡寫出文章。直到要真正寫下來之前，我也不知道自己知道什麼、或是在想什麼。把自己收集到的文字還有展示在別人面前的文字分類好，我會至少在每週完成一篇可以發表的文章，然後努力讓那篇文章可以具備相當長的分量和蓋然性。如果都完成了之後，我會花相等的時間去修改文章。個別文章的美也是文字的美。總之，把腦海裡的想法轉移並成為真正的文字的行動是最為重要的。

✧ ✧ ✧ 13 ✧ ✧ ✧

我有必要減少喝酒的聚會。太常在精神渾濁的狀態下聽著另一個精神渾濁的人的故事總不是好事。我覺得沒有任何酒聚是絕對必要的。但偶爾接觸到清涼的酒精，會成為繼續在這世上活下去的理由。我會和讓我覺得舒服、可以不拘小節，或是就算對方直言不諱的時候也不會讓我覺得受傷的人一起喝酒。如果氛圍讓人覺得舒服，想到什麼都可以說出來。這是至今普遍上大家一起玩的方式，而通過這種方式，有時候都會說起連我自己都不知道的，我自己的故事。不過於頻繁的話，這樣的酒聚還算好的。但這種親密無間、舒服的酒伴很難得。如果在其他人面前這樣喝醉，我會記得自己感受到的羞恥。如果能在我的意志下減少的酒聚，我都會去拒絕。我腦海裡的想法經常從我嘴裡洩露出去總不是好事。

✧ ✧ ✧ 14 ✧ ✧ ✧

我不光是會讀別人的文字，我也會讀我自己寫的文字。不光是別人說的話，我自己說的話我也會聽。一種親自整理自己行動的感覺。

15

或許是電視上的節奏太慢，或是時間被設定成了虛無流逝的狀態，電視劇過於通俗，綜藝節目過於囂鬧，新聞變得不看也罷，已經知道的事情在累積著，種種事實被掩蓋著。如果想念動畫的話，我都會選擇看電影。電影依舊是壓縮的哲學和影像美的精髓。選好電影並好好欣賞它成了習慣，在片尾感謝緩緩浮現時，我會閉上眼，想著導演的意圖或是場面調度，從第一幕開始，把電影裡印象深刻的瞬間再復習一遍。像是再次倒嚼著整部電影。我會接著讀資深電影人的評價。這樣的習慣讓我有了更高級的審視眼光，也讓我可以更深入研究並分析電影。有時候可以寫寫影評，讓影片也能充分地通過文字表達出來。

16

我在屋頂上的兩小塊地，種下了可以長出植物的種子，慢慢等它們發芽。雖然是一個很陌生的領域，但我翻找了和耕種有關的技巧，再對植物投入心血，結果它們都驚人地長得很好。觸摸泥土、種下種子、栽培植物的體驗帶來了神祕的感覺，可以料理親自栽培的植物，或是會醃製泡菜，這些都是偉大的資產。最重要的是，我可以用「可以從土地上獲得什麼東西」的想法生活。那感覺該有多令人滿足。

✧✧✧ **17** ✧✧✧

有時候，我會把休假安排得盡可能地長，然後去很遠的地方。畢竟我不是只為了維持日常生活而活著的。拋開所有日常的一切，在那個地方的空氣中，根據那個城市的規則生活的幾天，對我來說是前所未有的爽快。但稍微不慎就會覺得太疲勞，所以我在旅行的時候不會過度移動。直到我可以輕鬆地向別人介紹該地方之前，我都會盡情地融入那個地方。在那個地方要做的事情有幾個：用外語、跑步、用我的視角拍照。最後，就是盡力細緻地把過去和現在經歷的美好瞬間記錄下來。

關懷

趁著冬天休假，我決定去溫暖的地方旅行。飛機起飛後，我走過機內狹窄的通道，來到了洗手間。原本只是要上廁所的我，視線被一個在不適宜的位置上的物品吸引，是一個菸灰缸。從十五年前，我第一次搭飛機開始，禁菸的牌子一直就在洗手間顯眼的位置存在著。但這個菸灰缸的位置甚至就在燃燒的香菸上畫著紅色斜線的禁菸告示下面。我試著把菸灰缸打開了一次。內部當然是乾乾淨淨的。

那個菸灰缸不合時宜的存在，讓我重新開始思考了禁菸的意義。正式來說，沒有人被允許在飛機內部抽菸。但是，菸灰缸卻存在於每架飛機的洗手間裡。那為什麼會故意設立一個沒有人會用的菸灰缸呢？是因為從前並沒有禁菸的規則，所以菸灰缸是從那時候留下來的嗎？還是其實乘客們都被禁止吸菸，但是機長或是乘務員在長途飛行後，被允許偷偷享受一下呢？又或是公共道德上被制止著不能吸菸的人們會在虛空中假裝自己在吞雲吐霧，然後打開空蕩蕩的菸灰缸抖菸灰呢。萬一是那樣的話，沒有被移除的菸灰缸會不會反而成為人們不必要的誘惑呢？我看著那個被設計成可以讓人最有效抖灰，但卻和那空間完全不適合的菸灰缸，思考著。

旅行回來後，我搜索了那菸灰缸存在的理由。我馬上就找到足以說服我的說法了，是一份航空公司發布的文件。內容大概是這樣的：

「正式來說，飛機內是絕對禁菸的。這個條規適用於每一個人，不分階級。但是，還是有人會在機內抽菸。不管我們在機內如何反覆強調禁菸，或是加重懲罰，但每年總還是會有一部分的人因為在機內抽菸而被揭發。或是因為某些人想抽菸的欲望太強烈，即便是違法的行為，但也不能保證我們能從源頭封鎖吸菸的行為。如果機內沒有菸灰缸，這些人會隨意在牆上，或是垃圾桶等地方隨意抖菸灰。這些行為不僅不衛生，也可能會釀成大禍。所以我們只好把菸灰缸裝置在洗手間裡。」

就是那樣。菸灰缸不是為了機長，也不是為了誘惑眾人而存在，反倒是為了這些違反公共規則的人。反正每年那麼多的乘客中，總會有人吸菸。那樣的人當然不能被原諒，雖然一樣要依照定下的規則嚴懲他們，但是設計飛機的人還是得考慮這些犯罪者會帶來的影響。所以怎麼看都不需要的菸灰缸，都會乾淨地存在於所有機內洗手間的牆上。飛機製造商終究還是得將芸芸乘客中的犯罪者納入考量，然後設計空間，配置上菸灰缸。

但是，這世上會有純粹為了犯罪者們而存在的物品嗎？只有破壞社會規則的人可以用，會有人專為他們創造一些什麼嗎？機內的菸灰缸，就是對難以估量的罪犯的特殊關懷而誕生的。所以我在想，為了製造一架飛機，既不是單車也不是汽車，要製造那麼大的交通工具，也要有那麼大的胸懷和雅量吧。可以跨越太平洋和大西洋的程度，那麼寬敞的存在，在製造過程當中要為人著想的那份心，也是要有那麼寬宏大量的吧。

撕裂傷

久違地喝醉了。是在家裡和朋友單獨喝的酒，所以沒有很大的騷動，在早上睜開了眼睛。大概是心裡很平靜，所以手上陌生的傷口顯得特別突出。我是一個只要前一晚的記憶還在，就覺得萬幸的醉客。身為醉客，我理所當然地不記得手上傷口的來源，只會哀嚎著那一陣陣的抽痛。第一次為傷口診療的是我早上醒來的醫生自我。那個自我稍微看了看傷口，反射性作出了診斷。

「稍微超出兩公分的撕裂傷傷口。雖然不會對神經或是肌肉造成實際傷害，但是是深的可以看到脂肪層。而且因為傷口是在手掌上皺褶的部位，所以之後會有很大可能會裂開或是變大，而且因為是在日常生活中很常觸碰的部位，所以也有可能會化膿。需要全部消毒，然後進行局部麻醉後縫合，接下來的三天也要服用抗生素。不然的話，傷口會發炎，很難癒合，也很容易留下明顯的疤痕。日常生活中也會有不便。」

還殘留著醉客本性的另一個自我這樣回答了。

「不要。打麻醉針很痛欸。我怕痛，我不要。」

如果是平時，身為醫生的我只能無可奈何地看著這種患者，心裡咂著舌頭，但還是會利用權威來嚇唬病人，或是向監護人告狀，不然就是冷靜地聽病人講完，但手馬上就把麻醉針拿好，準備注射。可是，和我使用同一個身體的患者和一般的不同。在沒有任何討論的餘地下，急診學科的專業意見就這樣被扼殺。

就這樣過了兩天。

傷口真的就因為是在手掌上皺褶的部位，所以變大，也因為是日常生活中很常觸碰的部位，所以也發炎了。消毒也是隨便弄一弄，還一直碰水，傷口終於紅紅地發炎了，沒有要癒合的意思。感覺以後只會讓我的生活更不方便。

這種時候，醫生自我就該出來，清清喉嚨，語重心長地開口，

「先生，看吧！發炎了，更不方便了吧。當時就該聽話呀！」

但是那種事沒有發生。因為患者自我不想聽到那種話，所以直接把醫生自我封鎖起來，不讓他出來。但是每一次傷口痛的時候，患者都會自己說，

「醫生很厲害欸，真的有夠痛的。果然醫生講的話還是要聽。」

就這樣，有時候和醫生一起共用的身體反而更受累。我的肉身呀，一輩子不要掉以輕心喔。

膝蓋

我在攝氏零下三度的足球場上踢著球。這是一場在我值班到清晨後，回家瞇一下就出來參加的比賽。我們的隊伍本來是在室內足球場裡，純粹為了趣味而踢的，但是那天就決定了我們的最後一場比賽要在大球場上結束。我那天也是糊里糊塗地踢足球來著。大家都逐漸耗盡體力，在寬闊的賽場上比賽來到了尾聲。比賽的節奏慢悠悠的，但忽然有人喊出「賭上兩個金球冰淇淋！」當下即使完全不想吃冰淇淋，肌肉卻也會因為這樣的一句話瞬間充滿力量。我們的球隊失去了一個金球冰淇淋的分數後，關鍵性的傳球居然來到了左後衛，就是我的旁邊。速度沒有很快的攻擊手朋友很不爽地追著球來。我忽然想阻擋這個球路。我的頭腦把路線都規劃好了：同時把身體和右腳投出去，切斷傳球路線，把球勾過來之後，和中場聯手向著最前方發送致命傳球，最後舔著冰淇淋嘲弄對手。但事實上，我把身體和右腳拋出去的時候，身體和腳失去了和諧，在一種不自然又急促的模樣下被拋了出去。我躊躇著怎麼反應的當下，就用一種非常不自然的姿勢摔倒了。但因為平時就一直都很不自然，所以不只是其他人，連我自己也沒有注意太多。沒什麼攻擊能力還一直在不爽的那個朋友就趁機把球搶了過去，趁著沒人防守的時候，滿意地踢了球。那顆球安穩地朝著龍門的角落裡飛去。我癱坐在原地，而其他人去吃了冰淇淋。

踢完足球回來，腳總是覺得哪裡不舒服。我平時都會把小腿或大腿施加壓力時感受到的輕微疼痛當作激烈運動的證據，因此會很享受那種感覺。但說實在的，那種感覺其實比較像是某種個人的自我實現，畢竟對我同隊的朋友們的助攻得分和傳球都沒有什麼幫助。我那天也和平時一樣開車回家，但是到家的時候卻發現腳非常不舒服。雖然原本就有預感這次疼痛會持續一段時間，但它卻比平時更嚴重，更劇烈地疼痛。原本粗壯的大腿和膝蓋開始腫脹而變得不對稱。我一開始還可以一瘸一拐地走，但幾個小時後就完全走不動了。只要腳碰到地面，就會傳來可怕的痛楚。

看來問題就出現在最後那一個飽含真心的自我實現。那是一項會讓我自己的肉體受到破壞的錯誤指令，而我的肉體最終心甘情願的實現了那小小的命令。我躺倒在床上，右下肢一直傳來刺痛感，一個關節開始麻痺，因此而承受巨大負荷的左腳也開始疼痛。就算扭曲身體換著不同的姿勢，疼痛也不會消失，我只能躺著。啊對了，明天也是上班的日子。啊，工作該怎麼辦呢？在疼痛和苦惱之間來回穿梭時，我忽然想到，我工作的地方就在綜合醫院。對欸，找醫生看病就好了嘛！只要去看診，就可以找到轉好的辦法了。醫院一般不會對裡面的人的疼痛袖手旁觀的啊。真是個好主意欸！

於是我抱著我的腳，從半夜直到上班時間，一動不動地躺著。如果有想去上廁所的話，那會非常慘烈。我最終因為值班再加上足球的疲勞而入睡。但是因為疼痛太嚴重，我每隔一小時就會醒過來。在失眠的時候，我假想著，如果我在值班時面對這樣的問題會怎麼做。

「不懷疑是骨折，所以先打石膏調節疼痛吧。如果疼痛持續，那就拍磁振造影（MRI）吧。」

這段話壓縮了人類治療膝蓋損傷患者時所積累的醫學知識新結晶。但是我可以本能地知道，用石膏調節疼痛並不會讓膝蓋不疼。因為現在就真的太疼了。

「不是這樣的，醫生是上帝嘛。骨科的醫生上帝們會治好這隻腳的。都到了醫院看診了欸。」

實際上，不僅是我自己，我其實也看過骨科醫生們無數次重複這段話，但不知為什麼，我對他們抱有希望。反正我想趕快到醫院去就是了。我久違的在期待上班。

我一早就搭計程車去醫院了。腳部專科教授在下午有門診。但是在門診的時候，我才發現腳和膝蓋不一樣，所以沒辦法進行診療。

「那要不要先幫您辦理普通診療呢？」

「好吧。請問是幾年的醫生呢？」

「已經兩年了。」

「那先幫我辦理普通診療吧。」

骨科二年經驗的住院醫師，在看到我這個跛著腳進來的急診醫學科臨床助理教授後，整個大驚失色。

「我踢足球的時候把膝蓋弄傷了。」

「啊，我，但是……」

「怎麼了嗎？」

「我比教授您知道的還少欸……」

「先看看吧。」

他摸了我的膝蓋後，開口說道：

「不懷疑是骨折，所以先打石膏之後MRI……」

「好。」

「那個，現在任職的醫生是膝蓋專科，需要幫你打電話聯絡他嗎？」

「我自己拜託他好了。」

「那需要幫你照X光嗎？」

「哦，那也拍一下好了。」

去放射科的時候，我朋友從判讀室跑出來了。

「我看到有個穿著醫生袍的跛著腳，後來才發現是你欸……！」

「嗯……踢足球的時候……」

「怎麼每次都是你闖的禍？」

放射科教授給我指導了該如何去照 X 光，還親自幫我判讀了我的膝蓋 X 光片。和預想的一樣，沒有骨折，至少不是到會出現在 X 光片上的程度。

第一次去的石膏室就在醫院的角落裡，看起來很像韓國黑色電影中出現的衰落的皮鞋屋。這個看起來很有秩序的皮鞋房裡沒有皮鞋，但有的是密密麻麻擺放著的各種石膏、斯普林特和塑形用的夾子，還有切石膏的鋸子和不知用途的鐵塊。有個五十歲左右的身材高大、頭髮灰白的負責人將旋轉椅子向左轉九十度，然後詢問了我的名字。連那個場面也像是在韓國黑色電影裡出現的，感覺接下來的臺詞會是類似「是左腎嗎？」或「每顆金牙齒 5 萬韓元」這樣的臺詞。我好像可以大概瞭解到之前來過這裡的患者們感受到的壓迫感。負責人親切地給我的腳部打上了石膏。

「醫生，你是去滑雪了嗎？」

「沒有啦，足球，是足球。」

這句話，最後變成了今後無數次重複的「足球，是足球」故事的序幕。

只要與我有一面之緣的醫院職員們，幾乎都會用神奇的眼神看著跛腳的我，問我怎麼了。我從「足球，是足球」開始，到依據職業類別回答他們：

「因為過度伸展 Hyperextension（關節伸展超出正常範圍）造成的損傷，組織浮腫嚴重，強烈懷疑韌帶斷裂」……

跛著腳工作真的非常痛苦，但是不論我還是患者們都該覺得值得慶幸的是，當天並沒有發生任何需要離開座位奔跑的緊急情況。因為大部分人都不太在意醫生的腳有沒有怎樣，所以讓我留下深刻記憶的有兩位。

第一位是是膝蓋受傷，但在接受輕微消毒後就好好走著離開的患者，還有一位是凌晨五點因胸痛躺在重症病房，卻笑著對我說「醫生先生腳也不舒服呢，真是辛苦了」的老爺爺。我對第一位患者記憶深刻是因為很羨慕，第二位則是老爺爺是因為急性 ST 段上升心肌梗塞而直接被送來重症病房的。因為冠狀動脈受到堵塞，如果以痛苦和輕重緩急來計算，急性 ST 段上升心肌梗塞會像河馬一樣沉重，這是因為我們各自在面臨著痛苦所以互相產生的人與人之間的愛嗎？我不禁花一些時間想著。

早上，膝蓋專業的骨科老師來急診室看我了。在這之前，我們彼此之間總是有很多請求：

「我媽媽認識的人問問急診室……」

「我們堂嬸因為肩膀不好，來首爾想看病……」

「這位是我們科長的熟人……」等等。

從某種角度來看，它們跨越了委託的界限，而更像是在患者面前笑說，「我和某某很熟喔」。即使，我們實際上一點都不熟。反正，不是很熟悉的骨科醫師在接到我的電話的時候，大概就已經猜到大概會是那種事情。

「那個，我踢足球的時候，膝蓋受傷了……」但在聽到我說了這些話後，他的語氣就變了。

我們有一種本能，就是會對自己能解決的同行醫學問題，認真地盡最大的努力。我是這樣的人，我遇到的任何人也都是這樣的。也許在任何領域都是如此。所以，謝天謝地，他先來到急診室了。

骨科醫生先讓我躺在病床上，然後挽起了我的褲子。但我的腳真的腫得很厲害，連褲腳都有點拉不上去。他看了看我露出的小腿和膝蓋，說道：

「這種程度的話，應該馬上拍ＭＲＩ比較好欸。但聽說你昨晚還值班了？」

「啊對……畢竟也沒什麼可做的嘛。」

他把我的膝蓋拉起來，將它稍微彎曲，最後做出了和現在相似的結論，還說要做關節穿刺。他親自將消毒工具準備好之後，把醫院裡最粗、最大支的50cc注射器拿了過來。我本來就很清楚關節穿刺要用那個注射器，甚至我本身也做過很多次的關節穿刺，但說真的，將它置入我自己的身體還真是第一次。

「要用那麼粗的針注射嗎？」

對，雖然說過我做過很多關節穿刺，但我還是會有這種想法。我還忽然想起被我折磨過的患者們的痛苦。我還沒來得及陷入悔恨之中，醫生就將注射器插入我膝蓋骨上面的肉，摻有血的關節液嘩嘩地灌滿了注射器。就像所有其他的注射一樣，除了被針穿過的部位，身體其他部位的感官都會變得模糊。

「還是確認一下MRI比較好。」

「好，謝謝你。我之後再自己過去。」

我搭了計程車回家。我住的地方沒有電梯，我只能踩著一個又一個臺階，用了十分鐘才上到了四樓。我都快嚎啕大哭了，然後想著在下一次值班前，就是這兩天絕對不離開我的床半步。原本預定好的所有行程都取消了。一整夜的值班和疼痛讓我疲憊不堪，睡了一覺之後起來一看，已經是晚上了。我平正地躺著，疼痛現在達到了頂點，所以連要去近在咫尺的廁所也很痛苦。我解開石膏後，反覆踢一下腿伸展，然後改變著為數不多的姿勢，努力躺得舒服一些。

有時候會聽到這樣的故事。某作家因為負傷入院，不久後就寫出了新的作品，像這樣的。那種，一臉歷經風波的表情的男子咬著菸斗，雙腿綁著繃帶吊在半空中，一揮而就地寫文章的畫，不是會有那種形象嗎？我也偷偷期待著這種事情會發生，讓自己能轉禍為福。如果太沉浸於不幸的話，就會連微小的快樂都想抓住。可是當我真的躺著的時候，我想到的只有，「啊，那位作家應該是沒有病得很嚴重吧」。

整個膝蓋都快完蛋了，還會有心思想文字、想文學、想一些倫理和情感嗎？連要讀別人的作品都很難了，更何況是創作自己的呢。

我在醫院裡上班的時候，總會在某些瞬間會有「我也想入院躺在床上」的這種想法。我想像過，萬一真的入院的話，我會用那些時間，把萬年都看不完的書本都帶去，看著書，睡著，再醒來看書，再睡著。但同時，我也看過真正入院的病人都在做什麼。不管是哪個病房、哪位患者，都總是在哀嚎著，什麼都沒有在做。我相信，除非真的在病房裡躺過，不然每個人一定會有和我一樣的想法。雖然光是在哀嚎，但病房裡的那些人卻已經是筋疲力盡。雖然大概可以理解，但等到自己真的經歷的時候，真的可以切身感受到他們的痛楚。到痊癒之前，不會有創作這回事。

如今，眼前必須先解決的事情是我如今的處境。只有與疼痛有關的想法才能在腦海中延伸。雖然我的眼睛不是MRI，但我就像想要從眼睛裡噴出磁場一樣，用著犀利的眼神緊緊盯著我的腳看。想著以前沒有深入考察的解剖學結構，也給自己解釋了一些過去曾經對別人解釋的說明。

「大腿由一根骨頭組成，小腿由兩根骨頭組成。中間的膝蓋上有著膝蓋骨。肌肉和韌帶連接並支撐著這些分離的骨頭。肌肉的起源和終止都在於各自的骨骼，並負責讓腿部伸展或收縮。肌肉即使受到一些損傷，只要穩定下來，自然就會痊癒。現在的浮腫是由肌肉扭傷所致，所以會好起來的。相反，韌帶在物理上具有強烈的連接作用。膝關節的核心韌帶是十字韌帶和外側韌帶。最常受損的是會讓腿不掉落的十字韌帶；如果損傷到一定的程度，就無法自然治癒。也就是說，需要手術。讓關節柔軟的軟骨也會一併受到損傷。這種損傷至少需要三個月的復建療程。這也是一種僅憑手術經歷就能判定免除兵役的決定性損傷。」

現在，在這隻損傷明顯的腳上，十字韌帶的安危是最重要的關鍵。只要十字韌帶沒事，我只需要靜養就好了。但如果是十字韌帶受損，就要動手術了。還有一點，就是如果十字韌帶受損，或是斷裂的話，就會出血，然後關節液裡就會帶有血液。我忽然想到早上抽取的關節液裡帶有血跡。不行，絕對不行。我怒視著膝蓋後方，好像真的從眼睛裡噴發鐳射。如果要動手術，醫生們會給我插上尿管，進行氣管插管，然後用鑽頭鑽進我的膝蓋，放入關節鏡，粗魯地摸著，四處找到韌帶挖出來，再穿孔連接。真的想想都覺得超恐怖。

尋找韌帶完好無損的證據，我躺了下來，急匆匆地用筆電查找閱讀有關膝蓋的醫學信息。首先，有幾項檢查可以確定十字韌帶是否損傷，其中包括拉赫曼測試（Lachman Test）、前扯測驗（Anterior Drawer Test）、樞軸移位測試（Pivot Shift Test），大體上方式就是固定膝蓋，然後由上向下拉。我複習了一下，誠心誠意地按住我乏力的腿，抓住了它。就算用這種方法檢查，肌肉的阻力還是會導致結果不準確。無論結果是好是壞，只有ＭＲＩ的結果是絕對性的。已成定局的是，這不是我可以給自己做的檢查。我依舊無能為力，所以我就東摸西摸，反覆試做了這些檢查。但是這些最終只給我自己造成了痛楚，並沒有什麼是確切的。我累得又把腳隨意伸展出去。做了那麼多，只有膝蓋更加痠痛而已。

現在想起了骨科的朋友們。如果非要選對關節的知識比較多的專業，那排在急診科之前的一定是骨科。我覺得，既然是數一數二的專業，那就應該問一下。我給喜歡足球的骨科朋友打了電話。

「怎麼了？」

「我踢足球的時候右膝蓋……」

「你都這個年紀了，還踢什麼足球啊。我早就不踢了。那你現在怎麼樣？」

「簡單來說，右膝蓋過度伸展後三天不能走路，但整體上浮腫非常嚴重，做過關節穿刺後有血跡，腳踩在地上的話會有嚴重的疼痛，特別是膝蓋轉動或抬起來時有脫落的感覺……」

我忽然意識到我在列出十字韌帶撕裂患者的臨床症狀。

「聽起來很糟糕，大概是脫落了吧。」

「最終還是要打石膏固定然後拍ＭＲＩ吧？」

「嗯，拍完ＭＲＩ後，如果真的斷裂了，再給我打電話吧。啊還有，足球就到此為止吧。」

「嗯……謝謝你。」

說真的，這其實是一通沒有太大收穫的電話。無論向誰尋求幫助，都會得到同樣的結果。這個事實不知道為什麼讓我感到孤獨。因為身體是醫生的，所以靈魂得不到安慰的感覺。我為了暫時讓大腦關機，就用手機隨便看看影片。但是，就像重新做頭髮的話，只會看到人們的頭髮；或是買包包的話，就只會看到人們的包包一樣。我只看到了影片中人們跳舞的膝蓋或奔跑的膝蓋，反正怎麼看都只看到那些健康無恙的膝蓋。膝蓋怎麼會那麼輕盈，沒有疼痛，那麼容易移動呢？所以可以走路、跑、跳、還可以扭動身體……唉……

問題在於不確定性。如果確信這個膝蓋會好轉，我只要懷著希望，忍受疼痛就可以了。但是，如果無法確定韌帶是不是沒事，那麼這種疼痛只是走向更大疼痛的橋頭堡。即使我頭腦是醫生，但是肉體也只能依靠客觀的影像來診斷。一般來說，沒有立即拍攝MRI的原因是，只要穩定下來觀察，很多患者就會好轉，如果好轉，MRI是不必要的。而且像我這樣的情況，現在浮腫太大，腿不能完全彎曲或伸展，就算快點診斷，手術也勉強早點進行的話，在康復過程中，我的腿只會更加僵硬，以後動作受限的機率很高。換句話說，考慮需要達到完全恢復的整個過程，太早做出決定的話，最終結果反而會是進一步惡化，或者完全沒有什麼變化。因此，每次醫生們說：「這個骨折應該在稍後進行手術」或是「這個損傷最好在稍後進行檢查」的時候，無論從醫學上還是邏輯上，這種等待都是合理的。

但是這種不確定性會束縛患者。不知道自己準確的狀態是什麼樣的，或是把現在的疼痛當作前往另一種疼痛的過渡期，是很悲慘的。另外，腳部需要手術，但「現在不能馬上做手術，以後再做」這樣的話，會有種醫生故意沒有立即解決，而是拖延處理的感覺。即使能讓現在的疼痛平息，但之後還是會出現另一個巨大的疼痛。這也是不確定性，而這種感覺會讓患者發瘋。因此，每次都會有人說「醫生置之不理」或「醫生什麼都不做」。而現在的我就是有著這種「醫生什麼都不願意做」，這種被放任不管的感覺。

儘管我是一個理性並可以理解的內部人士，但這種感覺是藏不住的。

理性終究在我這個醫生的大腦中獲勝。這種情況下絕對正確的判斷結果就是我應該坐視不理。那就靜靜地忍著吧。現在活下來才是問題呀。我明後天之前都不會離開這個家，無論如何都得解決衣食住行。但家裡沒人可以照顧我，真的有心無力。現在，在亂糟糟的房子裡，只剩下一個淒涼的獨居男。雖然當下有強烈本能促使著我收拾房子，但我沒辦法走路。雖然可以請朋友過來吃飯，順便拜託他們幫忙，但是我現在的樣子看起來就是近乎輕佻的脆弱，所以也害怕讓人看見。突然想起了波希米亞狂想曲的一小段歌詞。「媽媽——嗚嗚嗚嗚嗚——」

我給媽媽打了電話，但偏偏媽媽手機一直都占線。

我開始想像著腿腳不方便的人如何生活。原本理所當然的健康步行者權利被剝奪，現在所有的樓梯、山丘和上坡路，都成了障礙，證明交通弱者的脆弱，甚至連平坦的土地也會是障礙之一。我想到了剛剛在影片中那些有著健康雙腿的人。在這個人們理所當然地行走和奔跑的世界裡，失去雙腿的人生存下來將會成為他們存在的證明。話說回來，作為急診科醫生，如果不受到特殊照顧，會很難工作欸……

我想起了社交媒體。

「大家來看看我！我踢足球的時候受傷了，現在連走路都沒辦法，超辛苦的。看看我的腳有多腫欸！」

如果直接上傳這樣的文字，很多人都會留言說希望作家早日康復。在網上隨便留言，可以獲得同情、惻隱之心，還有一個依舊在房間裡寸步難行的我。我只會覺得很羞恥，也不會對我有什麼特別幫助。到頭來，在社交媒體上大幅度上傳隨筆感想的這件事，與我的人生信念不符。我馬上把關於社交媒體的想法從腦海中抹去了。

深夜，媽媽終於接了電話。隨即，媽媽果然不顧一切地跑來了。她走入亂糟糟的房子，在某個角落裡發現她三十多歲的單身兒子，露出大大的腿，在哼哼唧唧地哀嚎。真是糟糕呢。她確認我照慣常的習慣，什麼都沒吃就躺下，所以準備了飯拿到了床邊讓我吃。母親的家務勞動現在正式開始了。自從我開始獨居以來，就有了對家務勞動的獨立自我，便很少看到母親一手包辦家務勞動了。但是如今受傷的我，不得不依賴媽媽的家務勞動。母親以兩倍的強度，快速地開始了家務勞動。我扶著腫脹的腿，把一切都交給母親，更加努力地感受著疼痛。

結果，我剩下的只有媽媽。媽媽在收拾房子、做飯的時候，還會抽空傾聽我講述對於不確定性的嘮叨、膝蓋的解剖構造、弱者的層次、倫理與情感等的故事。我興沖沖地把所有的時間都花在了感受疼痛上，而現在又是得去醫院上班的時間了。對我來說，醫院再次變成了戰場。

我又再次跛著腳，開始了我的工作。一開始上班，又聽到一堆只能用「足球，是足球」來回答的問題。果然今天急診室的患者們看到包著石膏的醫生也沒有什麼太意外的反應。但總是會隱隱約約感知到患者們的眼神，甚至想法。在X光機器前等待的媽媽，看著跛腳的我，對大約四、五歲的女兒這樣說道：

「醫生叔叔腳痛痛～腳痛痛～」

畫面真的很衝擊。醫生叔叔腳痛痛。大概所有人腦海都會有那句話閃過，但是都不太會表露出來。再加上，如果真的是韌帶受傷，那接下來的三個月裡，我都還得聽到「醫生叔叔腳痛痛」這句話。

急診室裡的患者名單上加上了我的名字，然後也拜託了同事幫我安排MRI診斷。清晨比較空閒的時候去拍一下好了。在晚些時候MRI室來叫喚我了。雖然我曾經給病人安排過CT和MRI掃描數萬次，但是我自己是第一次來拍。大部分人都需要一段時間之後才能知道結果，但我一踏出房門就可以打開影片知道結果。真的很緊張呢。

ＭＲＩ的機器發出了很大的聲響。因為要保持著不動的狀態所以腳又麻又痛，而且還緊張。這份結果是太多事情的關鍵了。真的好久沒有這麼緊張了。可想而知，這份結果會大大地影響我的命運。

掃描終於在超過三十分鐘後結束。我跛著腳出去看看檢查結果。在等待結果被放出來那短短的時間裡，我也聽到了我的心臟怦怦在跳。我看到了肌肉腫脹、積血等傷勢。但結論上來說，韌帶，至少韌帶，還是那樣連接著的。雖然看起來有點亂七八糟的，但是應該可以不用動手術。該怎麼說，就是和通過一個超高難度的考試時一樣的那種心情吧。

我回到急診室之後，反覆看了那一份ＭＲＩ報告。肌肉和其他相關的組織全部都很誇張地腫脹著，關節液也積得滿滿的，但是可以非常確定的是，膝蓋可以不用進行手術。各種喜悅和安心撲面而來。這隻腳馬上就要好了！我可以走路了！

但是首先，膝蓋裡的積血得抽取出來。我自己來做的話會有些困難，但要麻煩骨科醫生又有點不好意思。所以我問了急診科的總住院醫師。

「你做過膝蓋穿刺術嗎？」

「沒有欸，沒做過。」

「現在試試看吧。」
「教授你的膝蓋嗎？」
「對，我來指導你。」
初次嘗試的手術的對象就是臨床副教授，讓他真的很慌張。
「沒事的。先把注射器拿過來。我跟你說從哪裡戳進去。」
他一番翻找之後，本能地拿了最纖細的針筒過來。
「不是這個，把粗的拿來。」
「沒有麻醉欸，教授你的膝蓋不會有事嗎？」
「不管是誰的膝蓋都是不麻醉進行的呀。」
他接著就拿了第二粗的針筒過來。我努力地忍下了想要讓他直接用這支來幫我進行手術的話。

「不是這個，最粗的……」

他最後真的把最粗的針筒拿過來的時候，我雞皮疙瘩都掉了滿地。但我的腦袋和嘴巴當下已經分別有了自己的意識。

「因為關節液量很大，加上膝蓋皮膚比較厚，所以需要用最粗的針筒，才能短時間內完成，把大部分的量抽出來……對，就是那裡。」

雖然我嘴都一直在說話，但我還是無法直視我的膝蓋。他在我指示的部位，從直角方向把針筒插了進去。現在我的腦袋和嘴巴真的是完美地分開了。

我嘴上說著：

「應該要再插得更深入一點喔。」

但我內心一直都在祈求著拜託誰來救救我吧。

他真的把針筒插得更深入，然後抽取了積血的關節液。膝蓋頓時變得稍微乾癟癟的。據說總住院醫師在嘗試著他人生中第一個膝蓋穿刺術的時候，也在思考著把自己身體獻出去的全人教育到底是什麼。

在值班結束的早上，我神奇地發現自己可以走路了。準確來說，腫脹已經消除到我可以走路的狀態了。最終還是現代醫學獲得了勝利。我們有時候會把這稱為ＭＲＩ治療。簡單來說明就是這樣。雖然在醫學角度來說是不需要精密檢查的情況，但是患者會一直覺得不安，並要求精密的檢查。所以上級都會這樣說：

「就給他做ＭＲＩ治療吧。」

這句話的意思就是，患者無法理解治療的所有過程，實際上也會覺得不安，但有時候真的會有發現異常的情況，所以不要強行去安慰他們，直接進行精密檢查。實際上也會讓患者因為覺得安心而覺得好很多。除了增加我的膝蓋暫時存在於ＭＲＩ桶內的事實以外，拍ＭＲＩ到底還是沒有其他幫助，但它有種可以讓因為心理作用而沒辦法走路的人再次站起來的感覺。好舒暢啊！因為不確定性消失了。第二天開始，我可以以平常速度的三分之一行走，外加不需要輔助器。而這速度也日漸在加快中。

幾天後，在我的腳終於恢復很多之後，我去做了我最想做的事情。那就是一個人到咖啡館，點一杯咖啡，然後就坐在那裡看書。那杯咖啡又溫暖又順滑。「活著」這個單詞映入了我的眼簾，我終於可以理解。是失而復得的日常生活。我在追求無關緊要的自我實現的時候，滾落到了另一個充滿了不確定性世界，最後被撈了上來。這一切的結局，就在室外，我帶著平靜的表情買的一杯咖啡裡。

腳趾特別地更疼痛

我曾是一個不太會生病，健康無恙的青年。一般人活著的時候總會經歷的感冒等之外，我不曾受過什麼特別的傷痛。但是，在醫學院上學的時候，我有一次動過簡單的手術。當時的我因為腳趾甲往腳趾肉的部分過度生長，所以腳趾發炎，因為這個趾甲內生的問題，我經歷了相當嚴重的痛。不管是以前還是現在，我都討厭以病患的身分去醫院，所以在忍了很久很久之後，我的左腳大拇趾腫得快爆炸，我才到鄰近的骨科動簡單的手術。首先，在腳趾部位進行部分麻醉後，將內生的趾甲切除，然後將傷口縫補起來。現在回想起來，其實就是簡單的一個小手術。

可是，當初腳趾上部分麻醉的記憶依然清晰。簡短來說是這樣的，所有腳趾的上下左右都有神經線；如果為這四條神經線全部注射麻醉劑，腳趾下面就會變成暫時完全沒有感覺的狀態。醫生將注射器拿起來，插入腫脹的腳趾左側，注射麻醉劑後，會更深插入注射器，再次注射麻醉劑。這個過程在右邊重複一次之後，就算結束了麻醉的過程。不管是說明，還是實踐，都是不複雜的過程。

那天的骨科醫生手比一般人都大，手上的毛也很濃密，在麻醉過程之前，這樣對我說了。

「這個會很痛喔。」

硬撐著到現在才被拖來看醫生的我，因忐忑不安的緊張感，汗毛直豎地等待著已預見的痛苦。而醫生則從容地將針頭插入我敏感的腳趾神經，然後注射了麻醉劑。天啊，上帝啊。那根本就不是「很痛」的程度。我感受到了全宇宙的分子都在發怒痛斥著我的腳趾神經，我甚至以為醫生這是要把我的這一隻腳趾切下來。不是，怎會有人那麼深入地將針頭插入人的腳趾裡！怎麼可以對人類這樣！到現在，只要想到，我都會毛骨悚然，像是百萬伏特的電流流過我的腳尖。

當時的那個青年，某一天成了在急診室裡工作的醫生。人們總會用各種方式跌倒受傷，最終被送到青年的面前。在人類普遍價值上，他們都看起來很痛苦。而那青年很清楚知道，甚至全面學過，以治療為目的，在這世界上有各種惡毒的技術，會讓人痛得快瘋掉。在那其中，包括了我曾經經歷的腳趾神經隔斷術、趾甲內生切除與縫合術。

我每天在做幾次使患者普遍會感到疼痛的小手術之前都會這樣說：

「這個會很痛喔。」

可是在給腳趾進行麻醉之前都會這樣說：

「這個真的超級非常痛喔。噢噢，一定要忍住喔。這個真的真的超痛的。」

還有特別是在腳趾部分進行麻醉的時候我都會有特別重的罪惡感，結束的時候甚至會覺得患者的忍耐力很了不起，所以會說出鼓勵的話。但就在某一天，有一隻需要被麻醉的腳趾放在我面前時，我忽然有了這種想法。是因為這個痛症，和其他痛症相比會更強烈，所以我才會格外照顧患者嗎？

當然不是那樣的。這個痛症無非是尖銳的。可是在急診室這個地方，有人四肢被截斷、有人關節脫落，甚至有人是在全身受傷、瀕臨死亡的時候來到這裡。那種痛苦，任誰都會覺得是過於巨大的疼痛，所以我們不會特意在他們面前強調說可以理解他們的痛楚。

但是，對於腳趾麻醉，因為是我唯一經歷過的，所以我才會對我的患者如此生動地形容。怎麼說，就算是處理慘烈痛苦的人，在世界上實際存在的各種痛苦中，也是無路可逃。

我今天也和平日一樣上班，然後打開患者名單以及他們的疾患。因為是原本就在看護的病人，我只要看了名單，在某種程度上就可以感受到他們的不便與痛苦。可是這些痛症，就算我一生中都在生病，也無法全部一一體驗。所以可以經歷很多他人的痛苦，累積著很多知識的醫生也可以成為一個好醫生，但是長時間經歷並敏感地觀察著自己生活的醫生，我想，也可以成為一個好醫生。像是把手放在流產後來院就診的患者身上，安靜地講述自己妻子去年流產故事的老師；和患有尿路結石後會特別注意調節尿路結石患者疼痛的教授一樣，生命越長，可以理解的痛苦種類就越多。普通人之所以對上了年紀的醫生更加信任，有一部分是因為醫學是通過反覆而鞏固的經驗之學，也會是因為醫生本人度過人生的坎坷後，所經歷的生活痛苦更為豐富，可以更好地投入患者們的感受。

我還很年輕，沒有經歷過什麼特別的傷痛，身邊的人也算健康。可是，走在人生路上，我會與真實的痛苦越來越接近。那樣，就算不是全部，我與我部分的患者，是否可以產生更深的共鳴，並給予他們安慰呢？把他們經歷的痛苦，當成是我經歷過的事情一樣，更好地去理解。抱著這樣的想法，我想，隨著年齡的增長，面對各種痛苦的片段也是可以的。

為了說不知道

人們本能地知道，如果哪裡不舒服就該去哪間醫院，不知道的話也會問別人，盡力尋找對的醫院。很自然的，喉嚨痛的人會聚集在耳鼻喉科，膝蓋痛的人在骨科，而眼睛不舒服的人則會聚集在眼科。可是急診室，是一個省略了那些過程的地方。不管是哪個部位不舒服，怎麼不舒服，只要去到急診室就可以了。也就是說，急診室給人形成了一種，不論是哪裡不舒服都可以得到診療的信任。

在身為醫生的立場上，那個位置是非常困難的。在什麼時候，怎樣的患者，會訴說怎麼樣的症狀，這一切都無從可知。除此之外，伴隨著這一切的還有各種問題的洗禮，急診室醫生需要毅然一一回答。從重症患者到輕症患者都有。甚至到急診室的患者們都會痛訴著自己的症狀有多嚴重，所以急診室醫生都得一一分辨哪個患者狀況更為嚴重。另外，患者大多都會屬於某個細分的醫學領域，但有時也會模稜兩可地跨入兩個不同領域之間。

因此，急診醫學科的醫生們必須熟知醫學的各個主要領域。實際上，急診醫學科比其他醫學領域少了很多。急診醫學以內科、外科、婦產科、小兒科等主要醫學為主，包括了骨科、耳鼻喉科、眼科、皮膚科等小部分，還涉及了心臟驟停、重症外傷、中毒等的固有領域。專業領域廣闊得令人覺得茫然。在其他領域變得越來越難以理解的現代醫學當中，急診醫學科醫生也是那些領域裡的第二、三位專家。由於胸腔外科醫生不足，急診醫學科醫生會負責植入胸管，或事關患者血壓下降的時候，婦產科醫生也會諮詢急診醫學科醫生。醫學知識和經驗不得不多種多樣。

急診醫學科的基本學問是要把患者分類好，而急診醫生則負責到可以治療的範圍內。在之後若有需要手術還是入院等專業治療的情況下，急診醫生就會呼叫其他科別的醫生。就算不是呼叫，也有蠻多電話聯絡討論患者狀態的情況。這是一個必然得不斷詢問，得到某人的幫助的系統。因此，在很多情況下，我們都需要對患者說「不知道」。但身為專家，在急診室裡對患者說「不知道」是一件頗為困難的事情。所以我第一次在急診室裡值班的時候，學到了要說「不知道」的方式，那就是這樣說明：

「到這裡，是我知道的部分。從現在開始，我雖然這樣計畫著，但為了安全，我會與專家進行細節的討論後作出決定。」

急診醫學科的醫生並不絕對比其他科別醫生學習更多。反正現代醫學正在非常細分化中，就算要好好來學習，也得花一輩子研修。而且醫學是如此的廣大，人類也無法準確地在急診現場背誦那麼多的學術知識或數據。事實上，說自己可以把全部都背起來，或說自己準確地知道，也是很危險的。我理所當然地背起來的數值也有可能是曖昧不清，甚至是錯誤的。只要是人類，那個極限是絕對存在的。可是，如果被困在那極限裡，再加上所涉及的是人類的生命，那有可能會發生無法挽回的事情。

無法認知到有「無法認知的事情」總是最糟糕的情況。所以，急診學科醫生的工作裡包括了要認知「無法認知」這件事。為了做出合理的科學性判斷，我們必須要認知自己的極限，然後接受其他專業人士的幫助來解決問題。我想，這就是為什麼在這個社會裡，我們總會需要在某個專業裡研修的專業人士吧。在自己知道的限度內，專業地提出適當的意見，盡最大努力解決問題。而對於剩下的，自己無法觸及的部分，則劃清界線，全權委託給其他專家。我認為，說「不知道」的專家之間，這種合作就是「合理」的一個代名詞。

有意識和無意識之間

「昨晚我想到了要問你的事欸。快要睡著的時候，我都會不自覺地睜開眼睛，有時候會發現你在凝視著我。從昨天開始，我就看到你那樣幾次了。你是故意不在我睡著之前睡著的嗎？」

「嗯。我在看你睡著的樣子。我有特別想看的一個畫面喔。人在快要睡著的時候，連自己都不會發現，但是手或腳會抽動一下，或是伸直。不然眼皮會抖動，還是手會忽然蜷縮。我為了想看那個所以才在等待的。」

「我不明白。為什麼要看那個？」

「哦，如果要稍微認真解釋的話，應該是說因為我想看到你所有的樣子吧。我們在初期的時候都會在有意識的情況下行動。譬如說，面前的人盤子空了的話，會有意識地把食物分給他，然後兩人一起吃；努力變得更親近，所以毫無掩飾地說著故事，我覺得這一些都很可愛。當然，剛開始的時候，只會看到這樣的樣子嘛。可是在感情變得更深的時候，連你無意識的習慣都讓我感受到了愛情。不管是一定要從右邊開始刷牙的習慣，還是把手腕拗成九十度的方向拿著菸，然後把頭稍微偏向左邊吸菸的這些習慣。雖然不是有意的行動，但是因為是你不加掩飾展現出來的，屬於你的樣子，所以我連這一些都很喜歡。

我就那樣對你的有意識和無意識陷入愛情，然後更加想愛你的所有。所以我在想，在有意識和無意識之間到底有什麼。我想到了你要睡著前偶爾會有的行動。你會忽然握拳，然後把手往自己身邊拉近，下巴也會稍微動一下。就算是現在，我也能在我眼前刻畫出你的模樣，是那個程度的特別。那是頭腦收到了信號，要從有意識轉換到無意識的時候，瞬間的混亂形成的喔。那才是真正的有意識與無意識的縫隙吧。我就是為了連那一部分都準確地看到、觀察到，然後愛上它，所以才會等到你完全睡著。而我，連那一部分，也已經深深愛著了。」

最後一家酒吧

我們開始了一段新的戀愛。當時她住在她剛搬過去的一個小區裡。小區附近有一條不是很繁華，但也不會很簡陋的娛樂街，我們有一陣子見面的時候都會先找地方喝酒。只要在一起，我們不管是任何酒種，都覺得很幸福。那一天，我也到她家的小區去找她喝酒。就在我們都快喝醉的時候，我忽然想到一件好玩的事情，然後向她提出了建議。反正我們的味覺符號都很合拍，也不挑食，主要有酒就會很幸福，所以我建議了要把附近的酒吧全部都去體驗一遍，就從街上的第一家，依照順序去到最後一家。現在想起來就是戀愛中的情侶可以做的事情之一欸。而她也因為醉意，爽快地答應了。

當時的我們每天都會見面。那段時期的我，只要有一天見不到她，就會變得難以忍受。第二天，我們真的從傍晚開始，在街口第一家酒吧開始喝酒。適當地感受到醉意的時候，就馬上到第二家，在醉一點的時候又換到下一家。就這樣玩著，直到我們醉醺醺或是疲憊的時候，我就會把她送回家。隔天又在同一個時段見面，從我們前一晚結束的酒吧下一家開始，繼續依照順序開始喝酒。只要是有賣酒的地方，我們都不會錯過，每一家都會進去。第一次進去的拉麵店裡，我們只喝了一瓶燒酒，或是在飽足的情況下進到第三家，開始烤五花肉吃，也曾試過進去的三家酒吧都是風格相近的日式酒吧，都只能站著喝酒。

「天啊，現在真的沒辦法再吃串燒和炸物了啦。」

「沒關係，我們明天第一家會是中餐廳！」

這樣的對話，雖然對話形式都差不多，但還是很愉快。這一切，我都很喜歡。每一天都過得很幸福，彷彿都能感受到未知的世界。

當時，窗外的街景每天都在一點一點地向前，所以我們似乎在那條街上走得很慢。慢吞吞的步伐般的故事，對於我們來說是必要的。在這漫長的時間裡，我們互相傾訴了彼此不長的人生。小時候父母帶她去某個遊樂園；十幾歲的時候，她有什麼小名，喜歡什麼樣藝人；二十幾歲的她去哪兒旅行，經歷了什麼波折；實習生時期又經歷了什麼苦楚。雖然她並沒有把人生按順序整理好說出來，但那些故事都一一按時期整理好，進入了我的腦海裡。把娛樂街走過一半的時候，只要她開始說話，我就已經可以預估到她這次的人生故事會填入哪個空間。

我也一樣，把我經歷過的人生所有故事向她訴說。從高中時期的朋友開始，依序將故事都說出來，或是描述著解剖學科實習時期，不同時間段的氣氛，又或是到在十七個國家旅行的時候，將各國的故事一一敘述著，中間還會補上自己吃了什麼。有點像是在寫自傳的感覺。我彷彿通過與她的相遇，在整理著自己的人生。我們為彼此沉醉，在喝了一陣子之後，也越喝越開心。我們繼續聊著新的細節，甚至連自己都不記得的，關於自己的故事，都找出來聊著。

在我腦海中，她的人生拼圖逐漸完成的時候，我們的冒險也快來到了尾聲。我們已經接近那條街上最後一家酒吧了。偏偏那一天，我們在當天的第三家——鮮明太魚湯店裡舀湯的時候，我對她開玩笑說了，現在我們快結束一輪了，看來我們下次要縱向開始，從第一家店開始看看了。我們笑了一陣子，然後沉默了。我和她，肯定都在想著從頭開始的這件事情。

在那一瞬間，不知道為什麼，但我們都覺得實際上不太可能。我們並沒有對彼此感到疲憊，也不是不愛了。我們分明都是喜歡著彼此的。但是，就是不太可能。在那段沉默中，我們彷彿有了相同的想法。那段沉默，很明顯就是那種感覺。然後在隔天吧，我們在街道上的最後一家連鎖酒吧裡喝得醉醺醺。我不記得我們聊了什麼。在我們牽著手出來的時候，我有種彷彿瞭解了彼此人生中的很多事情，但再也沒有事情可以繼續瞭解的感覺。我們最終像謊言一般，以很瑣碎的理由分了手。

在那之後，我再也沒有見過她，也再也沒去過那條街上。大概是因為我覺得，她和那條街道一起從我人生中消失，會比較好。因為我們都只在那條街上笑過、聊過、喝過，所以沒有其他的事物會讓我想起她。我也不太常想起她。現在的我，甚至連她的樣子都不太記得了。我完全無法知道，那個地方留下了什麼，或是有什麼消失了。現在我還會懷疑她是否真的存在過。可是聽著聽著而最終拼湊出來的她的人生，就像我的另一段人生一樣留在我的腦海裡，在我偶爾經過那條街的時候，被勾起回憶。

體感小人

現在你眼前有一件陌生的物體，你決定要先把它握起來看看。所以你把手伸出去，碰到那件物體，感受著它的觸感。手的末端是人類身體中最容易伸出的部位，也是感知能力最敏感的部位。幾乎大家都嘗試過一個與此有關的實驗：那就是在手掌和後背上分別戳兩支針，並讓兩針之間保持著一定的距離。很明顯地，我們可以清晰掌握手部兩針的位置，與它們之間的距離。相反的，背部上的針都要分開至特定的距離，我們才能感覺得到。

這其實不是因為手可以直接感受到感覺，而是與手相連的大腦感受到感覺所致。那麼，我們可以提出一個問題：究竟是因為相比於背部連接的大腦領域，手部連接的大腦領域更敏感，所以會導致兩個部位的感覺不同嗎？首先，並不是這樣的。如果是這樣的話，大腦的單位區域感知能力會變得不均衡，在年齡有限的空間內，大腦也很難有效地發揮功能。因此，我們可以推論，手連接的大腦區域比其他部位的寬，因此會比較敏感。那麼這裡還有一個問題：我們是否可以將大腦和人體表面全部對應，找出哪個部位連接的大腦領域最寬，也就是找出哪裡最敏感，然後用可視地圖畫出來呢？

上世紀的神經外科醫師，懷爾德．潘菲爾德曾將這個想法做成了實驗。讓人驚訝的是，這個方式是通過直接刺激活大腦，然後手寫的方式標出對應的身體部位。他重複了這個作業無數次，最後描畫出了大腦的分布圖，也就是我們現在的「體感小人」。這個分布圖依照敏感的部位標示，越敏感的部位分布越大，越不敏感的部位則分布越小。他以這個分布圖為基礎，繪製了人類的形態。這個人體形態的模型依據大腦對應的部位，越是敏感，人體各部位標示的比例就會越大，而相反的越是不敏感，對應的人體部位比例就會越小。

從這些結果看來，我們可以直觀地知道人體中最敏感的部位。這個人體模型的身體和四肢都超級纖細，但相反的，手掌卻很碩大、嘴脣很豐厚、舌頭也很巨大，看起來非常怪異。而實際上，分布在人類的手、嘴脣、舌頭上的感知神經占了整個身體過半的感知神經。考慮到其他部位的面積，人類甚至看起來就是為了用那些部位來感知世界而創造的存在。

我們在這裡可以回想起一個畫面，第一次與戀人見面那個激動的瞬間。我們摯愛的戀人就在面前，我們想著有什麼辦法可以讓我們完整地去感受他。最終，我們決定偷偷牽起他的手。雙手觸碰的瞬間，我們的腦海裡充滿著我們感知的戀人。這正是因為我們手上密集分布著的感知神經。接下來，我們嘗試的，沒錯，就是親吻。

那瞬間也會讓我們留下清晰深刻的印象。就算沒人告訴我們相愛的話就要這麼做，但是我們的心會本能地想要讓我們與戀人的脣碰觸。我們會變得恍惚失神，像是踩在雲朵上，所有的感知和感情都隨著對方漂浮。大腦其他部分像被困在黑暗裡，除了戀人，再也沒有任何其他的想法。

由此可知：我們人體的設計就是為了愛優化而成。通過大腦所有神經都聚集的嘴脣和手部，充滿期待地發出信號，想要感受到面前的戀人。我們本能地牽手、接吻。雙脣觸碰之時刺激而令人著迷，科學上來說，我們是在完全使用我們的大腦，直到無法產生任何雜念。

痛

你真的是一個性格惡毒的人啊。說是壞，或是惡劣，都不足以說明。那些話，僅僅足以形容其他不好的人。但如果要形容你的惡毒，大概要創造一個前所未有的「詞彙」。你是我從未見過，不，連想像都不曾有過，如此壞、如此惡劣的人。

我的右小腿有了一個很大的傷口，是在踢足球時跌倒磨破的。傷口大得幾乎覆蓋著整隻小腿，而且還非常深。雖然痛楚頑抗地折磨著我，但因為不是別人，而是我自己意外受的傷，所以只能安靜地等待復原。但是，磨破的部分比想像中難以痊癒。只要坐得比較久，傷口就會開始流血，又麻又痛難以忍受。只要碰到水，或是輕輕掃過，傷口就會用痛楚宣示著自己的存在。在貼上繃帶之前，膿水都會沾溼衣服和被褥。最後，衛生問題讓我不得不購買紗布和消毒藥水貼在傷口上。在右小腿受傷之前，我總是把健康的小腿當作理所當然。可是在磨破皮之後，小腿成了痛楚的存在。那幾天裡，我都帶著這個想法，跛著腿不出門，只在家裡生活。儘管如此，傷口還是會好的。確定將會癒合的傷口是可以忍受的傷口。只要我活著，傷口就會癒合，小腿也會恢復原來的樣子。

聖誕節期間，我都不出門，只待在家裡，吃著簡單的食物。但那也不全然是因為右小腿的傷口。原因其實是想要避開熙熙攘攘的人群和他們幸福的表情，還有在特別的日子裡，連我也不准開心的迷信。不想通過常見的遊戲享樂，也不想讓自己成為主角。我在房裡，用苦澀的心情連續讀了幾篇古典小說。中世紀的古典小說和現代的聖誕節其實很違和。但幸虧，我在平安夜早早就入眠了。

聖誕節當天早上睜開眼的時候，我將關掉的手機重新開機了一下。在凌晨的時候有一則信息傳了進來。「我是×××記者某某某。請問你是車牌1234的車主吧！請聯絡我喔。」車牌號碼1234與我在家門口停的車牌號碼一致。這則簡略直接的信息怎麼看都不像是好消息。一個職業是挖掘真實的人，挖到了和我的車有關係的消息，在某處宣揚呢。

我忽然開始聯想到了會使人們對我議論紛紛的畫面。譬如說我在不知不覺中用車撞了人，或者損壞公共設施而造成眾怒的那種場面。但我沒有那樣的記憶。在各種可怕的想像後，我終於鼓起勇氣回覆了短信。

「是我的車沒錯。請問有什麼事嗎？」

電話馬上響起，我的腳一拐一拐地邁向電話的方向，然後用緊張的心情接了電話。一個男人開始說話。

「平安夜晚上發生了硫酸恐怖事件。有一個男人向自己的前女友潑了親手製作的硫酸，然後逃走了。而事件就發生在您的車輛前方。想請問可以檢查一下您車子的行車記錄器嗎？」

我頓時鬆了一口氣。但接著，惶恐就朝我襲來。在我家前面，我躺著的房裡，牆的另一邊就有人因為憎惡著另一個人而潑了硫酸。明明就是在某個時間裡還是愛著對方的戀人，因為對方離開了自己，做出了最充滿惡意的行為。我的腦海裡浮現一個人的樣子，上半身和手臂因為嚴重灼傷而融化，臉也因為被潑了硫酸而扭曲。人類一直堅信著屬於自己的臉皮，在最糟糕的情況下，是可以物理移除的。臉皮灼傷融化後，頭部將會逐漸變成骷髏的形狀。眼皮融化後，眼球就會跌入空洞的空間，嘴脣一半都不剩，只剩下一口牙齒能開關說話，那個場面就記錄在我車子的行車記錄器上。而電話中的人在告訴我，我需要去檢查。

「好，我檢查了之後再聯絡您。」

掛掉電話之後，我在飯桌上抱著頭，因惶恐而顫抖著。即使是聖誕節，人類的憎惡依舊不會停下。原本「愛情amor」的拉丁語詞源中就有追趕或被追趕的人的意思。難道從古代開始，愛情就是被追求或感受惡意與憎惡嗎？還有因為無法接受身邊的人離去所以潑硫酸這樣嗎？

我顫抖著的時候，磨破的小腿開始滲出了膿水。我再怎麼不幸，也總是有人更糟糕。我因為在家裡，所以什麼事都沒有。不開心的事，至少不是不幸的事。是聖誕節呀。

寫著不幸的文字的人不需要連人生都是不幸的。強迫你得不幸才是嚴重的自我偽善。你喜歡的文字，就隨心盡力去寫。不要毀掉你自己的人生，不要回到那些陰暗的角落，寫下來就好。那是你的文字呀。把你逼到泥潭裡再寫出來的文字不屬於你。那只不過是自欺欺人之際編造出來惑人視聽的文章。寫了那樣的東西，只不過是在啃噬你自己的壽命。

我趴在暫時清空的飯桌上，想著準備好潑硫酸，以及臉皮融化的畫面。一個早上過去，聽到消息的其他記者也開始陸陸續續打電話過來。有些人不由分說就先打電話過來，也有些人用簡訊留下了郵箱地址。

「您需要告訴我們硫酸憎惡事件的事實。請給予協助。」

我首先把手機關機了。

我的車子代替我見證了那一幕，而車子屬於我。雖然只要刪掉紀錄就不再關我的事，但至少我得看看我擁有的畫面。不檢查並直接刪除顯然並不是我會做的事。目擊一段關係的破裂成了我的宿命。我忽然開始想像自己因為成了唯一的目擊者而被審問的畫面。

「你覺得，如果愛得太深切的話，會有可能產生憎惡嗎？」

「愛情本來就是惡意的。而操縱他人是世界上人們稱之為愛的行為中最惡毒的形態。」

我拐著腿下樓了。有一對穿著黑色外套，掛著證件的男女在我家門口站著。有幾臺攝影機在拍攝我家的四周，有一兩個像是真的在直播新聞一樣進行著預演。不幸並不會在聖誕節放假，而這些追逐著不幸的人看來也沒有放假的機會。忽然覺得他們的處境有點悽慘。

看見我的樣子後，記者們蜂擁而至，大概是覺得如果不是這裡的居住者，根本不會以那種樣子出現。我用顫抖的手拉開車門，啟動了引擎。盲目地踱步的記者們開始明目張膽地在我車子周圍徘徊，還瞥了我看。大概是想到了獨家新聞、平安夜的憎惡犯罪、毫無掩飾的影片，以及飆升的點擊率。不幸與欲望，因占有欲引發的可怕事件，以及隨後而來不加修飾的絕望，我在一切之中操控著行車記錄器。

你離開我之後，一定會遇見別的人。也就是說，現在和我談的這種戀愛，在那時候也會和那個人一起談。我只要有那種想法就會覺得很噁心。所以我寧願希望你是因為死亡所以才離開我，那我再也不用去想你以後的那些戀愛。而萬一這能成真，而我能提前知道的話，不管你想去哪我都會放手，即使是現在，我也能馬上和你告別，輕輕鬆鬆的。

行車記錄器裡什麼都沒有。不是因為錯過了那個場面，而是因為一開始就沒有在記錄。我的車子停了一個星期，行車記錄器只停留到我停車後的兩天。我也因為沒有預想到，所以再次翻找。最後，也再次確認除了前幾天的紀錄，就再也沒有其他了。

「很不幸地什麼都沒有拍到呢。我的行車記錄器本來就這樣，不好意思。」

「好……那如果之後有獲知關於這事件的消息，請問可以聯絡我們嗎？」

他們各自遞出了自己的名片，我接過了之後，就留在了車裡。然後又以出來時候的模樣，一拐一拐地上樓回家。現在，那件事就真的與我無關了。但是，在某個地方，有人向自己愛的人潑了硫酸。雖然是在咫尺內發生的事，但我看不到、聽不到，甚至感受不到。這種行為是否可以看作是為了尋找自己的一部分而做出的努力呢？不是的，他現在就單純的只是一個罪犯。

我把剩下的幾本古典小說和文藝雜誌堆起來看完了。沒有開暖氣的房間讓我打了個寒顫。吃過午餐後，我再次把手機開機。還不知道行車記錄器是個空架子的記者們的信息紛飛而來。我也不一一回覆，直接搜尋新聞來看。

「某四十歲男性在二十四日平安夜的晚上向戀人發起『液體恐怖襲擊』致傷後逃跑了。根據二十四日首爾某警察局消息，當天晚上大約九點二十分左右，在某區某社區裡的巷子裡，A（四十二歲）向其戀人B（三十二歲）潑了含有害成分的液體後逃跑了。」

新聞上播放著監控器的畫面，畫面裡一片黑暗，有一個紅色的圈圈標示了一個潑了液體後逃跑的男性，還有被潑了液體後往相反的方向逃走的女性。畫面上一片模糊，的確很難看出什麼。接著鏡頭一轉，豁然轉向了我家門口，就在那個地方，剛剛還有記者在預演、背稿，並報導了這個案子。最後，鏡頭以逃跑般的效果，一顆一顆地消失。報導最後的畫面顯示了黏稠的液體，新聞就這樣簡短地結束了。

就這樣結束了。愛情、憎惡和聖誕節變成了一團亂。讓不少人放棄假期而趕出來的新聞，不是以愛情，也不是以憎惡，而是以模糊結束。我們到最後什麼都無從所知。

在一起會很開心，分開的時候會思念，就是愛情；在一起的時候很可怕，分開的時候更加不想見，當然就不是愛情了。但是，和你在一起雖然很可怕，分開的時候卻會思念你。僅僅是身處在同一個空間裡，都殘忍地可怕得想死的程度，但是如果分開的話，就會想緊緊抓住你，想得希望自己有多一隻手可以抓住你。

你是什麼樣的存在呢？我用著愛的名義，試著定義了你。無法愛的人？或是不愛的人？你哪個都不是。那個詞彙，並不適用在你身上。因為你是我在這世上最純粹地憎惡著的人。

連家裡似乎都充斥著清冷和憎惡，所以我換上外出服出了門。街上的人彷彿在避開硫酸般地忙碌得走著。我沒有特別想去的地方，所以就到南山那個時刻都是無動於衷地立在原地的圖書館去了。

圖書館在假日也會營業到深夜。附近的露宿者和沒有地方可去的老人家都會在溫暖的圖書館裡，在洗手盆裡洗腳，或是從皺巴巴的塑膠袋裡拿出東西來吃。我經過那些人身邊，去到了閱覽室，打開電腦，開始寫起了稿。過去幾天都卡著的故事好不容易有了進展。是關於一個得了不治之症而悲慘地死去的病人的故事。故事不知不覺地走向了高潮。講述人敘述著那個場面，引入了自己的死亡，用詞句和單詞細緻地描繪著那個場面。因為終究知道那並不只是虛構，只覺得自己在這個被祝福的日子裡，離死亡很近。

我抬頭看了四周。南山的山麓俯視著我，在一片沉默中其實看起來非常雄偉。即使是聖誕節期間，圖書館裡也有著一些有要事的人占據著位置，看著鬧哄哄的畫面，記筆記或是喃喃自語在背書。大家的人生不會因為聖誕節而有所改變，就好像一開始就已經決定好的一樣。在一片努力學習的氛圍中，並沒有其他人像我這樣打開沉默的白色畫面，卻摀住頭的人。那樣的人出現的機率，大概和我變得幸福的機率一樣低。

我頓時有種絕望感。在那個冷冰冰的空間裡，我好不容易給我的文章畫上了句號，但同時，我也看到了新的悲傷。我忍不住哽咽，儘管旁邊的人還在持續嘀咕著背誦英文單詞、數學公式。我的右腿也忽然傳來陣陣劇痛。雖然一直以來都痛得令人厭煩，但我總是無法適應，每次都痛得揪心。我趕快把褲腳拉起來，摘下紗布確認傷口。只見一塊皮膚帶肉就快掉落，傷口在嚴重發炎，整隻小腿一片狼藉。小腿上的那個位置也彷彿被人棄離，看起來永遠都沒辦法癒合。

大虎頭蜂

在這個世界厭恨我，且連你也離我而去的時候，我一如往常的把自己關在了家裡。無法做任何事，也無法去思考。我為了活下去，拼命在做一些毫無用處的事情。我在網上找一段影片來看，然後反覆播放著同一段影片度過我所有的時間。那是一個日本人製作的影片，沒有聲音，也沒有任何的角度變化，就只是長時間無意中拍攝著同一幅畫面。影片的主角是大虎頭蜂。大虎頭蜂是蜜蜂之中最強大、也最暴戾的昆蟲之一。一個龐大的蜜蜂群也有可能因為區區幾隻大虎頭蜂而全軍覆沒。它們對於蜜蜂群捨命的掙扎無動於衷，在這些忠於家族的蜜蜂群面前將它們的孩子吃得一乾二淨。而當時的蜜蜂看起來就像是……有表情一樣……而影片裡播放的就是那麼強大的大虎頭蜂被獵殺的畫面。

拍攝者在大虎頭蜂經常出沒的地方放了一張沾有致命黏膠的紙。身長四公分，總是無法無天的大虎頭蜂就這樣在散發著毒氣的紙上停留。就那樣結束了。只要大虎頭蜂的任何一個部分沾到黏膠，基本上就已經確定死亡了。一開始只有一隻腳被沾上的話，只要大虎頭蜂用力拍動它那強壯的雙翼，就會像馬上就要飛走一般地讓紙片大幅震動。但是因為無法離開原地，最終因為想把一隻腳拔起來，卻反而讓另一隻腳也沾上黏膠。再接下去，大虎頭蜂的身體就會被黏膠沾到，而大虎頭蜂就會選擇另一個方式，利用身體其他部分去掙扎。最後連觸角都沾到黏膠的話，脖子彎曲的大虎頭蜂就只能用頭摩擦著紙片蠕動掙扎。在蠕動都停止的時候，就是大虎頭蜂死亡之際了。

眼前還有同時面臨死亡的數十隻大虎頭蜂，用著各自相似卻不同的方式，也在蠕動著等待死亡。沒有任何反轉或是變化的可能性，獨行其道走向死亡，我就這樣看了一整天。畫面裡巨大的下巴、銳利的翅膀、堅韌的腿、燦爛分明的黃黑交叉的年輕身體，因為落入陷阱就束手無策，只能有規律的蠕動掙扎，最終變得乾癟，連原本飽滿的顏色也像菸灰一樣變得模糊不清。悲傷是那麼單純而直接，再次有新的大虎頭蜂不幸用同樣的方式走向死亡，再次看一整天來承受著你離去的悲傷的我；這一切最終帶來的，只有彷彿在等待死亡一般的處境……

永遠的跑步

我比往常還累，生活彷彿不會好轉。不管是做什麼都只是因為必須去克服。填滿了一張張寬闊的白紙，在眾人面前無論如何都要發表演講，接下來還有必須馬上完成的事情、必須遠離的事情。這些事情還有多少，對我來說還有什麼樣的事情會發生，我無從得知。一天一天過去，白紙變得更寬闊、更費勁。我是為了什麼奮戰，我已經不知道了。

我用跑步來當作一個堂堂正正虐待自己身體的理由。我和我的身體，甚至連我的文字都在說謊，但是只有跑步不會說謊。讓我的身體跑到一個特定的區域再跑回來的這件事，沒有任何要領，也不可能耍小聰明。這個堂堂正正的感覺，讓我在鬱悶的時候開始奔跑。某個天氣好的日子裡，我偏偏做什麼都不順手。所以從一大早開始，我就把書本闔起來，決定一邊跑步、一邊整理我的想法。把鞋帶繫好，我跑到了常去的漢江河邊。

接近漫水橋的時候，開闊的景色開始出現。人們都在那個時間、在那個地方，各自運動、玩樂，做著自己的事。出來運動的人不間斷地在運動，出來拍攝的人穿著自己風格的衣服在拍攝需要的畫面。觀光客們成群結隊開心地拍照，還有人搖搖晃晃地過橋到漢江對岸去。今天的天氣很好。平日早上陽光灑落在沒有灰塵的空氣中，偶爾這樣面對的人群氣氛很明朗。

我迎著風跑過了漫水橋，看到了幾個穿著西裝的男女。他們背對著漢江在拍攝影片，而我需要從他們的後面跑過。近看的時候，發現他們的上衣還掛著某大企業的牌子。從這樣有質量的打扮來看，他們的確穿得非常符合自己的專業。他們的表情像是飽滿的陽光一樣天真爛漫。男女混合的新進職員們交織著特有的充滿激動的活力，對於以後人生的期待感、面對鏡頭的害羞，還有在辛苦爭取到工作後的驕傲。連陽光都灑落在他們的身上。所有的一切看起來都很漂亮，連以後他們需要面對的那些艱辛痛苦的社會和日子也是。

我給了他們一個「我懂」的微笑之後繼續跑了。有一對老夫婦在靜寂的氛圍中坐在凳子上。夫婦兩人戴著自行車安全帽，穿著運動服，並肩坐著吃東西。感覺就是隱退很久，然後出來騎自行車當消遣的。他們以不遠不近的距離坐在對方身邊，看著漢江，吃著零食。他們的表情平和的像獨自吃東西一樣。他們沒有在說話，也沒想講話的樣子，就是用雙方都舒服的方式在休息。在一片寬敞的草地作為背景之中，他們兩人，和那靜止的畫面仿若一幅畫。不需要特別在意對方，看起來也很平和，感覺他們在一起的時間還會很久很久。

我經過他們之後也繼續跑著。然後剩下的，只有關於你的想法。

在你問我希望什麼時候能成為什麼樣的戀人的時候，我的回答——留下來的人。我沒有特別的願望，但只求留在我身邊，雙方都是留在對方身邊的人。在無邊無際巨大的世界裡開始奮鬥，面對誤會和爭吵，經歷各種風浪、各種殘酷的事情，穿過孤獨又漫長的隧道，結束險峻又漫長的戰爭和未知的流浪，回到原點的時候，即使是老了、累了，所有人都離開了我，也會說著「我等你很久了」來迎接我的人。就像那些新進職員在經歷風波後成為老夫婦的漫長歲月裡，互相依靠著對方堅持著一樣。那樣的話，我會在這世界上，只為了你一個人，戰勝所有一切，不會被任何人阻礙，沒有任何的爭吵或是厭惡，沒有任何的感情消耗而平和，安靜地永遠過著我們兩人的時間，直到會厭煩的程度。「昨晚吃了宵夜，今天又吃了」討論著如此瑣碎的事情，分享著耀眼的時刻，不斷說著「雖然那段時間很痛苦，但現在是前所未有的平和」這樣的話，想著那段時間，想著和我一起等待身體使用期結束的你，到最後只剩下你一人的畫面，我跑向了似乎永遠無法觸及的春天和陽光。

Part 2

從急診室，致你

又是一個累得身體都快散了的晚上，睡得像死了過去、卻又如常醒來的夜晚。我艱難地拖著身子坐到了桌前，首先最想做的事、也是整個晚上占據我腦海裡的一件事，就是給你寫信。在這個世界裡，唯有書寫才能讓我艱難地發出微弱的聲音，否則我好像誰也不是。儘管這封信袒露了我的軟弱，但我別無選擇，非寫不可。

昨晚像是地獄，我有種戰罷歸來的感覺。人們依舊想死，而我也如此，卻不得不把他們救回來。有個男人，就在我們面前拿出心臟病藥物，說是自己把一整罐藥丸都吃了。到底是心臟病讓他痛苦呢？還是心臟的哪個部分讓他陷入如此的危機當中呢？我無從得知。很快地，他躺在病床上，意識逐漸模糊。他的脈搏變得緩慢至極，他臉部肌肉漸漸鬆弛，彷彿靈魂出竅的那一瞬間，我想起了你。你明亮的靈魂、他吃過的藥物中錯綜複雜的化學程式，還有解毒劑交織在一起。我必須緊抓著那個人的靈魂，守護我們。

他的四肢逐漸失去血色，心臟停止跳動，我必須把想要離開人世的他救回來。

在那個充斥著大喊怪叫的空間裡，我冷靜地迎戰死亡。如果平時看到這樣的脈搏，我會馬上宣布死亡。但是，因為這是一宗因過度服用心臟病藥物所致的罕見案例，所以我想要賭一賭。我測量了冷藏庫裡的解毒劑為他注射，還對藥房負責人施壓讓他們掛上相關藥物。看著屏幕上的數值，我又想起了你。願你可以幫幫這個空間裡的我和這個靈魂。願我不會因為過度的罪惡感暈過去，不會因為對一副屍體傾注所有的感情，而連自己都被搗毀。

我看到了他的戀人癱倒在血跡斑斑的地板上，哭求著讓我們救活自己的戀人。一直都愛著他的人，如今卻在痛哭流涕。我什麼都不想再失去了。

他直到早晨時分才自主睜開了雙眼。他說是自己失誤，但我知道，反正所有的死亡都是因失誤所致。我沒有微笑，只是抱了抱他。我沒有救他，是他救了我。他的戀人早上的時候抓著我的褲腳哭了。我說，沒事，暫時已經度過了危險。我想著相愛為何如此悲傷，拖著疲憊的身子回家。

如今已是隔夜。雖然已經有種死氣沉沉的感覺，但我知道我必須收拾好自己，去面對新的死亡。我得再次回到戰場廝殺奮鬥。我看著面前點亮黑夜的燈，想到那些為守護自己所有的一切而在戰前做好準備的士兵。他們在戰爭前夜也是如此的心境嗎？把心愛的人留下，到戰場上戰鬥，即使感知到死亡就在眼前，也會這麼安穩嗎？

我回到了謹小慎微的本我。從戰場上回來的我，現在在給你寫信。如今的我沒有任何欲望。不管是變得更出名、還是更富有……這些都讓我害怕，因為我知道自己有多麼的愚昧不足。

我堅強頑固地活了過來。我對自己很嚴格，有時候甚至對自己過於苛刻。即使那樣，我依舊不知道自己是為了什麼撐過那段時間。我活得像是隻無頭蒼蠅徬徨著，找不到自己的意義。我只是想要了解、記錄下一些什麼。那是謹小慎微的我能做到的唯一一件事，所以我很孤獨。但是，你——我記錄著名為「你」的巨大廣闊的宇宙，如今才明白我人生的所有意義。為了成為在這個名為「你」的帝國裡一個忙碌的史書，為了記錄下你的一切，我才得以心甘情願創造迄今為止前所未有的一個世界。

我對自己絕望不已。我非常害怕自己會給任何人帶來任何的影響。但是在這世上，我只想對你一個產生影響。我想要用盡我所剩無幾的勇氣，不加修飾的話語、行動，成為一個可以給你帶來影響的人。這是我活在這個世上唯一的願望。我想要成為你、你珍貴的情感中的一部分。

所以，若你隨著重力向我伸直左臂，我會跪下抓住你的手，分擔你清澈的靈魂。那樣的我，雖然艱難，但可以每天勇敢地上到戰場，得到站在眾人面前的勇氣。說實話，我很懼怕，懼怕這個凶險的世界、或是你這個巨大的存在。不過，即使我被這個世界拋棄，我依舊會選擇你、你的世界、你的靈魂、你過去的每一縷情感、你的溫度。我想要依靠這些活著，我想要依靠著你撐過如此戰爭般的生活。親愛的你，愛，和「愛」這個詞也很般配的、唯一的你。我在給你寫信。雖然身子疲憊得連手指都動彈不了，我在這一瞬間也為了記錄你而開始寫信。致你，我在世間宇宙中唯一的意義。

擁抱的肩膀

凌晨時分，急診室的自動門打開，一名男子雙手按壓著自己的胸前走了進來。雖然搖搖晃晃的，但還是自己走了進來。一開始的時候，他看起來並不太接近死亡。我無意中轉過頭的時候，看見了他走進來的樣子。準確來說走了三步後，血液從他握緊的拳頭縫隙中噴了出來。

「天啊那是什麼！」後面有人喊道。

「是生魚片刀！他被生魚片刀捅了！空氣已經在排出來了！」

急診室這個時候已經有著一個頭蓋骨破裂的人，和一個在兩個小時前被菜刀捅穿腹部，正在說著鬼話的人。我站在說著「自己不能在這樣的醫院接受治療」的青年面前，手上扶著他斷成兩截的小腿下方。

「啊，今天奇跡般地沒有人死呢。受不了欸。」

我把青年搖晃的小腿拉到地上，向那個剛進來的人跑過去。

「到重症區去！」眾醫護人員和我一起跑過去把他扶到重症區自動門內。他連到最後都還是自己走到床前的。我和大家一起像把他扔到床上似的，把他抓住後讓他翻身躺到床上。

「我喘不過氣了，喘不過氣。我沒辦法呼吸。拜託讓我呼吸。」他因為呼吸困難無法躺下，用腰支撐著自己坐起來。我用力抓住他那緊握的拳頭，往空中舉了起來。

醫護人員用剪刀把他的衣服一刀從腰部剪到脖子的部分，一片血跡之下可以很清楚看到兩個傷口。其中一個傷口從右邊長長地斜跨整個胸腔，左側還有一個凹陷的傷口。我眼裡彷彿看到加害者手中的生魚片刀穿過了他的左胸腔，拔出來之後再次碰到他的胸骨，滑入肋骨之間並穿過右胸腔的畫面。我趕緊戴上手套，用力擦拭他的胸部。他流的血沾滿了他的胸前。

「吸氣，呼氣，吸氣」他哆哆嗦嗦著吸了一口氣，肋骨之間兩個鮮紅色的傷口處發出尖銳而高亢的聲音，空氣也隨之排出來了。肯定是刺穿了，甚至是兩邊的肺都被刺穿了。

我用力地用手按到那個長長的傷口上。從指尖上，我感受到了被刀砍斷的肋骨和中間撕裂的肌肉和韌帶，還有沾滿血而令人不爽的溫熱胸腔。

我在那一瞬間計算著。

「如果刀刺穿了心臟或是動脈，那麼這個人在接下來的五分鐘內就會死亡。心臟停止的話，我需要把肋骨截斷，把漏氣的肺部取走，然後用手堵住心臟上的孔。但幸虧心臟沒事，只是肺部損傷的話，大概可以撐到手術室。

但是他怎麼說還是一個兩邊肺部都受傷，無法自己呼吸的患者。只要稍微延遲處置就會死亡。任何的失誤、延遲或是大意的話也會死亡。怎麼說都會死亡。該死的，啊！」

我忍不住大聲：

「這到底是發生了什麼事！」

「在街上走著的時候忽然有個人過來就這樣……」同行的人開口說著。

瘋了。外面街上總是有瘋狂的事情發生。

我繼續按壓在傷口上，另一隻手也按壓在另一個傷口上。另一個傷口的情況也差不多。我更用力把手按在傷口上，大喊：

「這個需要馬上被堵住！二號尼龍線！非再吸入性面罩全力打開，同時準備好胸管、繃帶、聚乙二醇、縫線、動脈導管、X光、血液、生理食鹽水、還有恆溫箱！現在打電話給胸腔外科。快！」

醫護人員們開始忙碌奔走。患者的手只要空著，就會開始掙扎，並反射性地彎曲又伸直著腰部。這是兩邊肺部被刺穿之人的典型姿態和表現。

「呼吸，我沒辦法呼吸。」我按壓著他的胸腔，血液開始從指縫中流出來。他的肺部最終還是會像漏氣的氣球一樣逐漸癟下去，其實按壓傷口並沒有太大的意義。可是，現在這一刻，除了按壓堵著傷口，再也沒有其他辦法了。

患者的冷汗直流，他用手抓住自己的脖頸，全身顫抖著，努力地吸著氣。忽然他鬆開一隻手，開始抱住了替他捂著傷口的我。當下的我感受到了肩膀上流著的溫熱液體。雙手不方便的我只能回頭看了看，發現他的中指被切掉超過一半，血液還彷彿隨著拍子溢出。

「原來還用手擋住了刀……擋了一次刀，卻再次被捅了……」患者手指被切掉的部分在發紫，還可以看到露出來的韌帶、神經和白色的骨頭。

「痛，痛……好痛！」他每一次開口痛呼的時候，血液和空氣都被擠到胸腔外面，他用那隻手更用力地抱住了我。

「先生，請聽我說。先生，你可以抱著我。沒關係的，你可以抱著我。只要能堅持下去，做什麼都可以。抱住我吧。」說完，我就感受到他更用力的手。

連我的衣服也都被血液染紅。

「準備好了的話，手指也請消毒一下。」

工具毫不留情地飛了過來。患者雖然睜著眼睛掙扎，但脈搏和血壓都還勉強維持著。

「心臟確定沒有被刺穿。現在就是和時間的賽跑了。趕快先把傷口縫合吧。」

針線工具飛過來後，我把按壓在他傷口上的雙手移開，空氣和血滴頓時溢了出來。

我用力把消毒藥水擦在傷口上後，抽取局部麻醉劑後從側面插入，然後將圓又大的縫合針對準傷口旁邊。針尖穿過傷口，往反方向迸出去。我用沾滿血液的手把針的末端拔出，像收線一樣打了個結。急急忙忙地重複了幾遍之後，終於把一個傷口堵住。另一邊的傷口同時也在隨著呼吸頻率，有規律地溢出血滴和空氣。我拿起另一根線，把那個傷口也縫了起來。

兩個傷口終於都被縫合上了。可是這對於患者來說，最終還是沒有任何的幫助。肺部和胸壁之間已經充滿了空氣，新的空氣也持續地通過患者的氣道流入了胸腔。這些空氣不是因為呼吸循環，而是因為壓力被擠出肺部，再聚集到肋骨的空隙之間，把整個空間填滿。那樣的話，從傷口周圍開始，患者的胸部將會開始鼓起來，連帶著被撐起來的皮肉也會開始疼痛。但這也總比通過傷口的縫隙把空氣擠出去要好。

我快速結束思考後，又再次抽取局部麻醉劑。患者如今已經痛得汗流浹背，連帶整個腹部的部分都在顫抖。就像在外太空呼吸一樣，他怎麼呼吸，都無法讓空氣進入肺部。我心急得連手都在哆嗦。我用力把麻醉劑插入他左下角肋骨之間的縫隙，然後用刀把那裡割開。血液混著空氣再次噴了出來。

「啊，啊，啊啊啊，很痛。很痛！」他用著虛脫的聲音痛苦尖叫著。

我沒有太多時間等到麻醉劑充分發揮。我用大鉗子夾著胸管插入割開的部分，不出所料地鮮血滿溢。接上引流瓶的瞬間，血液混著空氣不斷溢出。嚴重的呼吸困難外加過量失血。我眼前一片發黑。就算成功讓肺部舒張，患者也有極大可能失血身亡。這也是預料之中的結果。我把胸部的另一邊也一樣割開。患者再次尖叫，另一邊溢出來的血液不亞於先前。

「Etomidate◊準備好，讓患者麻醉後準備插管。」

患者依舊抱著我，我將呼吸面罩放在他的臉上，狠狠按壓儲氣袋。遠處的護士正在用注射器測量麻醉劑。

「如果注射那支麻醉劑，他的意識就會消失。他現在就會活在無意識的世界裡。那他會走到哪裡，他能去的地方……」

我抱著他，想著他再也醒不來的可能性。這一個瞬間或許會成為他記憶中的最後一瞬間。他的聽覺、視覺，還有一切的感知得以留下回憶的最後一個瞬間如今掌握在我的手中。我急忙看著掙扎中的患者的眼睛對他說著，一些還來不及整理好的話。

◊麻醉劑藥品。

「我知道你無法說話，所以你要注意聽好。現在或許會成為你的最後一個瞬間。你有可能會無法再次醒過來。但你還是得睡著。如果你不睡的話，就會死。所以你要睡著，我會讓你醒過來的。看著我，我會讓你醒過來的。不記得也沒關係，只要知道我會讓你醒過來就好。睡吧，我會做到的。我會讓你再次睜開眼睛的。會比什麼都聽不到就睡著好的。所以現在睡吧。我會盡全力的。」

注射麻醉劑之後，他緩緩放鬆，嘴裡開始吐白泡。這一瞬間如果真的是他的最後，我就是在背叛他了。該死的背叛，背叛的可能性，還有這些瘋狂的事。

我把白泡擦掉，掰開他的嘴，把金屬片塞到了他的門牙下面。或許是他最後生存的意志吧，他在那一瞬間咬緊了牙關。清脆的聲音響起的同時他的牙齒也碎了，碎片還噴飛出來。我的眼睛瞬間有些刺痛。

「靠。」

我轉頭大聲要求增加麻醉劑的劑量。隨便揉了揉眼睛後，我看了他的臉。他的牙齒像鋸齒一樣斷了。我傻傻地想著，希望他醒過來之後會抱怨牙齒斷了很不方便，還想像了對他說「那個情況下真的無可奈何欸」這樣的場景。就在那時候，他被注射了增加劑量的麻醉劑，就這樣完全睡了過去。我再次用力撐開他的喉嚨，將引流管推了進去。雖然血液依舊在流淌，但是他的表情以及呼吸已經不再看起來痛苦。就算死去，也會是這種狀態。如此一來，他離死亡又近了一步。

雖然離他剛剛走過來醫院不久，對他來說已經是闖了很多關卡，他流的血也太多了。懸在空中的他人捐獻的血液，新鮮的冷凍血漿、輸液還有止血劑，都在與他身上流出來的血液相互搏鬥。胸腔外科的醫師來到急診室，看到了裝滿血的容器後，立刻表示要進行手術。我一直都身處在血淋淋的生死搏鬥現場中，直到第一次走到重症區外面。和患者一起到醫院的朋友在外面踱來踱去，身邊還站著一個看起來非常不安的中年女子。

意識到她應該就是患者的母親，我便向她走了過去。沒想到，女子一看見我，臉色瞬間刷白，在我還來不及反應過來的時候，她尖叫一聲暈了過去。旁邊的朋友急忙把她扶好。

怎麼了，為什麼……

怎麼會馬上就認出我呢？我歪了歪頭，才發現我渾身沾滿了血跡。我的衣服，甚至身上都混亂地沾滿了鮮血。雖然血液都是紅色的，但是生下他的人只要看一眼，就都能認出來是誰。我看起來像個從屠宰場走出來的男人。是本能。所有的事情都是本能地發生的。

朋友把女子架了起來。我趕緊開口說道：

「這位朋友應該已經知道，患者被砍了兩刀。第一刀刺穿了左肺，另一刀刺穿了右肺。人只有兩個肺，如果兩邊都被刺穿的話，是無法呼吸的。況且，患者流血過多。雖然已經做了應急處理，但是會需要動手術，也有死亡的可能。」

「但是醫生，那……那血是怎麼回事？」

「啊，這不是胸部出的血。患者他用手指擋刀，手指被砍斷，這是從那裡流出來的血。」

患者母親再次趔趄。

「醫生，被刀捅了兩次就會死嗎？人那麼容易就死的嗎？」

「……」

「人……人……」

女子低下了頭。

「手術細節等等會再跟你們說明。」

我回到了重症區。患者的血壓隨著時間降低，他的血液也那樣從他的血管裡流出來。地板上漸漸的都是血。我在等待手術的期間，替他綿綿垂著的手指縫合傷口。在那短短的時間縫隙中，我找不到韌帶和神經，無法進行精確的縫合。他的中指忽然顯得並不重要。活過來之後再次進行手術也不遲。簡單縫合完畢後，他的手指勉強有了形狀。用繃帶包住那根手指後，我看了他的臉。沒有血色的臉龐皺巴巴的，僅僅是在呼吸，他也在盡全力。手術準備好後，太陽也升了起來，而我再也沒有可以做的事了。

我思考我可以做到，和無法做到的事情。不幸的人即使浴血奮戰，每天都會有新的不幸再次掐住他的脖子，而他束手無策。走著走著突然被一把刀捅了。背叛。瘋狂的事情。我的眼前一陣灼熱。

手術說明正在外面進行著。

「刀插入了肋骨內側導致大量出血。我們要找到內側破裂的血管和傷口，只要能找到並縫合，患者就能活下來。但是如今患者已經失血過多，死亡的機率很高。麻醉的時候、或是手術檯上的時候，甚至手術結束被推到外面的時候，都有死亡的可能性……」

中年女子再次開始哭泣。

患者的胸部正如預料般膨脹。只要敲一敲，整塊肉都會傳來清脆得讓人心驚的聲音。在我替他檢查的時候，手術室的最終呼叫來了。病床被推走，被血浸溼的輪子留下了一地混亂的血跡。患者、監護人和手術相關的醫療人員全部上樓到手術室去了。

有人清理了一片狼藉的重症區。我們現在留在原地，等待著其他患者的到來。

上午，我沒有報告任何的死亡案件。如果那名患者死亡的話，他將會出現在明天的紀錄上。我雖然很好奇他的生死，但是當下我什麼都無所可知。我在頭腦困乏的情況下，把我的衣物都脫下丟掉了。我需要離開醫院。從急診室的大門走出來，人們含著早晨的朝氣來來回回。生魚片刀和傷口一直在我腦海中出現，但是外面卻平和的像那種瘋狂的事情不曾發生過一樣。

家依舊是我出門時候的樣子。雖然我很想知道他到底是否還活著，但即使我知道了，卻不會有任何的幫助。我決定不去聯絡醫院。我打開浴室裡的蓮蓬頭，看著鏡子。看見了一個肩膀沉重地下垂，疲憊的赤裸男人。手臂和肩膀上還有依稀看得到血跡。我哭了。

他到最後一刻都還在抱著我。依靠、最後的話語、死前一定要完成的事情、包攬不幸的人、背叛。他若死亡，我將會後悔我一切的決定。我現在洗澡之後睡著的話，依舊會醒過來，可是他或許是在睡一場不知道是否能醒過來的覺。我讓他睡著了，而他最後一個見到的人是我。他會永遠記住我嗎？會在我的臉上找到怨恨和背叛嗎？如果這是罪，我該要怎麼償還？蓮蓬頭的水像他的血液一樣噴了出來。我大聲哭著。水在瞬息間從我的頭上流到了我的腳下。他的血渾濁地混在水裡，在水溝上逆時方向旋轉，匆匆地往不知名的地方流去。

溫暖的聽診器

我對幼年時期的回憶有著模糊的印象。小時候的我因為發燒喉嚨痛而躺在床上。天花板都在旋轉。媽媽輕輕地觸碰我的額頭後，告訴我要吃藥才會趕快好起來，然後把我拉到了小區裡的小兒科診所。我拉著媽媽的手，搖搖晃晃的，去到了天花板和牆壁都是一大片花白的小兒科診所。那裡一如往常的充斥著消毒藥水的味道。朦朧中，我坐在候診室裡等著，充滿著恐怖和未知氣息的診療室裡傳來了我的名字。剛進去，就看到一名神情嚴肅的醫生。我在桌子前面一張圓圓的椅子上坐了下來。

醫生用一支鐵製的壓舌棒壓著我的舌頭，味道澀澀的。然後醫生把聽診器戴上，媽媽則把我的衣服拉了起來。我瘦小的身板哆嗦著。聽筒放在我的胸前，金屬冷冰冰的觸感讓我瑟縮。為了想趕快回家，我努力地呼吸著。醫生的身上有著消毒藥水戳進鼻子裡面的味道，同時也有著大人臭乎乎的味道。醫生把聽筒放在我的胸前和背後之後，轉頭開始在寫什麼。我在心裡苦求著希望不用打針。醫生摸摸我的頭後，跟我說要乖乖吃藥，下次再見。我和媽媽領了苦澀的藥粉和甜甜的藥水之後就回家了。雖然很常到小兒科診所去，但記憶裡的殘像都差不多。苦澀的味道、冰冷的聽診器、消毒藥水的味道，以及回到家之後等著我的苦澀藥粉。

明明幼年時期經常生病的我，後來卻彷彿那段時期不存在似的，健康地長大了。幼年時期在醫院裡的記憶變得模糊的時候，我也成為了醫學院的學生，為了以後能成為醫生而努力著。就這樣某天，我來到了學習診療基礎的時候。為了這門課，我們提前一起購買了聽診器。再怎麼說，聽診器還是醫生的象徵呢。我們就要變成在醫院裡替患者看診的醫生，這個認知讓我也不禁雀躍。

上課的時候，教授首先把聽診器舉到了眼前，然後問了坐在第一排的我們。

「這是聽診器。具體名稱，還是每個疾病有著什麼樣的聲音，這些你們都在課堂上學過吧？」

「對——」

「那你們知道，聽診器最重要的部分是哪個嗎？」

大家都給了不同的答案。

「聽頭！」

「錯。」

「傳遞聲音的連接管！」

「錯。」

「耳竇！」

「錯。」

最終聽診器上的部分都被說完了，但依舊沒有人答對。

教授開口了。

「答案是聽診器的耳竇與我們耳朵之間的空隙。」

對於當時的我們來說，那是一個創新的玩笑話。他手上拿著的聽診器耳竇與耳朵之間什麼都沒有，而這其實就是聽診的人需要動腦的部分。也就是說，到最後，聽診的人的實力最為重要，如果聽不出任何聲音，那就不要怪聽診器，要去好好加油、努力讀書的意思。

教授繼續說著。

「在聽診器發明出來之前，醫生也是要靠聆聽患者的呼吸聲或是心臟的聲音來做出診斷。沒有聽診器的話，那要怎麼辦呢？」

「直接把耳朵靠在病人身上聽！」

「沒錯。不管是年輕女性、年長老人，還是傷口流膿的人，醫生都需要親自把自己的耳朵靠在患者身上，聆聽身體的聲音。在那個時期，把頭靠在患者胸前聽著呼吸聲的醫生，與患者之間的感情紐帶真的很了不起。可是某一天，聽診器被發明出來，醫生變得不再需要與患者有著如此緊密的接觸。交流感應的過程就這樣被略過了。所以也有人說，聽診器的發明就是醫生與患者之間的關係變得疏遠的主要原因。」

我們腦中都浮現了幾幅描繪中世紀可怕病人的插圖，頓時肅然起敬。

「現在，大家都要成為醫生了。而現在的我們，依舊需要醫生患者之間的感情紐帶。

就算有了聽診器，我們也得直接觸碰患者的身體。有很多醫生，因為趕時間，沒有任何準備，就把患者放倒，馬上按壓腹部，或用聽診器聽診。但是，請不要忘記，聽診器是患者與醫生之間的第一道連接，就和初印象一樣。如果初次的感受是讓人受驚程度的冰冷，患者會覺得診療很可怕，或是覺得很陌生。所以在聽診之前，請先確認自己的手，或是聽診器都不會太冰冷。如果冬天手冰涼，那就先搓搓自己的手，用手捂一捂聽診器，或甚至是用嘴巴稍微哈氣，讓聽筒稍微暖和。那樣會讓患者們覺得診療舒服。」

大家都點頭贊同。這種感情紐帶從來不在我們的思考範圍內，所以到現在都讓我印象非常深刻。

現在的我已經是個竭盡全力在急診室裡為患者聽診的醫生了。而我依然記得幼年時，我因為冷冰冰的聽診器而感到害怕的時刻，以及醫學生時期的實習時間。我一天裡無數次的需要把手放在患者身上按壓，我的聽診器也是那麼頻繁地需要碰到我的患者。每次，我的兩個記憶都會神奇地同時浮現。在診療室裡害怕的記憶，還有下定決心努力不讓我的患者們有那種感受的記憶。所以只要有患者，我都會習慣性地先寒暄幾句才開始診療，然後通過彷彿祈禱的動作，揉搓雙手，給聽診器哈氣。就好像我的指尖會散發出安穩的感覺，趕走患者的恐懼。

就算如此，有時候，把聽診器放到患者的肚皮或是手上的時候，還是會看到患者們因為聽診器上殘留的寒氣而瑟縮或是嚇到的樣子。那種時候，就算沒人對我抱怨，但我總會覺得自己還是不夠好，對患者感到抱歉。即使如此，我的習慣依舊不變。因為這是讓我在初次見面之際，與他們產生感情紐帶的連接。就算那樣產生的溫度有時候無法觸及他們，但我相信，在緊迫的時間裡盡我最大的努力，分享著我這樣預備好的心意才是重點。

感謝的話語

我很常聽到感謝的話，大部分都是在不知不覺中聽到的。吃完一頓飯出來的路上，或者是買一些零零碎碎東西的時候，剪好頭髮之後要出外呼吸新鮮空氣的剎那間，我們都會聽到感謝的話。當然有時候是非常真心誠意的，但有時是因為情況所示而需要互相說的話。有時候我聽了會覺得有點彆扭。明明吃飯買東西或是被招待的時候，獲益的都是我，雖然店家老闆可能也有獲益，但連僅僅是在工作的時候，理所當然地向我收取費用的職員居然也都在和我道謝。所以，我在想，是不是因為過度強迫親切感的現代社會的這個弊病轉移到了這句話上，也或許我們就只是在用無意義的慣用語結束日常生活中各種頻繁的交易。

我接著回想起以前打工的日子。人們買了我賣的東西，或是接過我在大街上派發的傳單時，我都會說聲謝謝。雖然不是真誠發自內心，但也其實算不上是勉強自己違心說出來的話。雖然這些事並不會讓我得到更多利益，但是我是真的很感謝。他們親切地過來買東西，或是默默地收下我手中的傳單，就已經是在我工作上給予我幫助，某種程度上也可以說是完成了我的任務。有時候，就算沒辦法一直都用著同樣的語氣，但是我說的那些感謝的話語都是一如往常地包含著我的真心。那麼，對換立場的時候，我明白了即使只是習慣性說出話，我們也滲透了真心在其中，彆扭的感覺也漸漸消失。

現在的我雖然成了領醫院薪水的人，但同時也很常會聽到感謝的話語。患者們結束診療離開醫院的時候，一定會先說了感謝的話才離開。這時侯的我反而覺得感謝的話語太難說出口了（畢竟急診室醫師對患者道謝的場面有點詭異）。其一，我對患者們是非常感謝的。是他們相信我，讓我在那個位置上有機會穿著白袍為他們診療。如果沒有受傷生病的人，我的工作就沒有意義，對我道感謝的這些人其實才是幫助我工作，讓我完成任務的人。即便如此，我還是從他們口中聽到了感謝的話，每次聽到的時候，都會讓我深深覺得感激不盡，並想要報答這些願意相信我這個陌生人的患者。

我思考著活在一個感謝的時代的我，和我們。或許會想要弄清楚那份感謝之中有多少的真實情感，但其中重要的一點是，不管是工讀生，或是患者，不管是需要接待別人，或是需要相信陌生人，這些人總是會先表示感謝。因此，聽者的態度和資格很重要。我們曾經見過有人對這些會表示感謝的人口出惡言，或甚至將漢堡砸在他們臉上。即使獲益的是自己，還聽到了感謝的話，但這類人只會覺得自己在關係中占了上風，完全不會去想到讓人工作順利就是在回應他們的感謝。事實上，聽到感謝之人的責任更為重大。在眾多零零散散的語言之中，究竟何方才應該銘記感謝之意呢？

棉花糖和媽媽

烈日炎炎的公園裡有個攤販，平凡的不論是誰經過都只會隨便看一眼後繼續匆匆趕著自己的路。攤販阿姨戴著比自己的臉還要大的太陽帽，站在呼出清爽又黏糊的風的棉花糖機前，倒著五顏六色的砂糖。只有幾個出來玩耍的孩子對她感興趣，還纏著自己父母去買棉花糖。大白天的熱浪越發猛烈，阿姨被彌漫的熱浪包圍著，身上穿著的粉紅色上衣和可說是扎眼的黑白條紋緊身褲，都被汗水浸溼。

她擦過汗之後，因為口渴所以將自己準備好的溫水都喝光。五彩繽紛的棉花糖高掛在架子上，在那其中機器猛烈地旋轉著，製造下一個棉花糖。忽然，她感受到了今天來到公園之後的第一波尿意。就和平時一樣，在收攤之前，她總會需要先上一次洗手間。她想起距離稍遠、特別悶熱、衛生條件還不太好的公廁。對她來說，這也是今日的工作之一。關掉棉花糖機器，滿頭大汗的她把黑色的腰包帶著往公廁的方向走去。腰包裡裝滿了零錢，沉甸甸的。

她走到了廁所隔間裡，坐在馬桶上。廁所裡的氣味又悶又臭。她想著，太陽下山之後就要收攤回家，回去洗澡吃飯之後，就要準備明天的生意了呢。上好廁所之後要出來的瞬間，她忽然感受到了異常。她的意識忽然變得模糊不清，身體也完全無法控制。她馬上就完全失去了意識，暈倒在地上，身體開始不停地顫抖。

接下來的一段時間裡，她都沒有被發現。人們在經過安靜下來的棉花糖機器時，一眼都不看，就這樣經過了。

依舊是烈日炎炎的下午，急診室內中央護理站的電話響了起來，說是有一名昏迷指數低下的患者馬上會送到。醫護人員們冷靜地戴上各自的手套，準備接待患者。

自動門打開後，阿姨躺在擔架床上被推了進來。稍微走近就會聞到一股刺鼻的汗臭味。從她邋遢的衣物和腰間鼓起的腰包，大概可以猜想到她是個攤販。我拍了拍她的肩膀，完全沒有反應。看著她雙眼視線固定在虛空中，這次我稍微出力按壓了她胸骨中間的部分。她完全沒有任何轉頭的跡象，但是她皺了皺眉頭，開始掙扎想要抓住我的手。昏迷指數確實是很低。

為了檢查並確認生命跡象，她被推到了準備好的留觀區。我也一起過去，然後開始詢問隨行的救助隊員。

「怎麼接到通報的？」

「說是在公廁裡聽到隔壁一直傳來奇怪的敲擊聲。出來看了才發現隔間地上有個躺著在顫抖的人。所以我們就出動把隔間門撬開，把人移送來了。她從當時就一直都是這個狀態。」

「沒有別的目擊者了嗎？」

「沒有了，她應該是在附近擺攤的攤販，但據說是沒人目擊到她暈倒或是去了哪裡。」

最後這就是我們所知道的一切了。我進到了留觀室，檢查了她的身體狀況。體溫正常，應該不是因為中暑暈過去。血糖也正常，也不是低血糖性休克。其他的生命跡象都很正常。但是因為事發突然，看起來或許是腦出血或是腦梗塞。患者的四肢都在顫抖，身體在抽搐，呼吸也很急促。狀態也看起來是典型的腦出血或腦梗塞。我們需要先進行電腦斷層掃描（CT）才能確定是不是腦出血。我給CT室打了電話說我會把患者推過去。鼻子上還裝置著氧氣管的她，抽搐著身體，被幾名護理師壓制住。我吩咐護理師把鎮定劑也一起帶到CT室去。外面傳來消息說已經成功聯絡到了監護人，監護人也在途中了。

為了檢查她的生命跡象，我也跟到了CT室。她被移到了CT機器上。把她的頭固定在框架裡的時候，她掙扎了。放射科醫師點了點頭，我準確地將鎮定劑注射到她的血管裡。患者的四肢馬上就癱軟了。擔心患者醒過來，我們馬上將她的頭推入機器裡。她的生命跡象穩定，掃描的過程也順利結束。

她以稍微癱軟的姿勢回到了留觀室。急診室裡短暫地迎來了靜逸。我馬上用電腦檢查了CT的結果。患者的腦袋裡乾淨得什麼事都沒有。那現在，腦梗塞的可能性非常高。可是因為昏迷指數低下而判定的腦梗塞，是個非常不好的跡象。這個時候，接到消息的監護人抵達了，並在尋找著主治醫師。是兩個兒子。大兒子穿著校服，看起來是個高中生；小兒子看起來還在上初中。大兒子先開了口。

「我媽媽出了什麼意外嗎？」

「不是意外，看起來是生病了。被人發現的時候，她已經失去意識了。大概是頭部方面的問題，可能是腦梗塞。現在還需要進一步檢查。」

「那，那我們可以見媽媽嗎？」

我把他們帶到了留觀室。她的兩個兒子站在她的身邊，看著自己的媽媽和早上判若兩人的樣子，開口說道：

「媽媽，孝燮來了，媽媽！」患者揮動了手，但依舊沒轉頭看自己的兒子。

「我媽媽是完全認不得人嗎？」

「對。過來的時候就這樣了。我們會先替患者做磁振造影檢查（MRI）再解釋給你們聽。」

他們好像在短時間內受到了很大的衝擊，但並沒有特別明顯地表現出來。他們抓著他們媽媽伸直的手說道：

「媽媽，你先好好去做檢查。我們會等你的。」

他們一離開留觀室，醫護人員們就開始準備MRI檢查。患者剛剛注射的鎮定劑大概是逐漸失去效用，雖然她的頭部沒辦法動，但她開始在床上掙扎。我再次囑咐護理師準備好鎮定劑。然後我們開始檢查患者身上是否有任何的金屬。進行MRI檢查的時候，金屬會導致很嚴重的意外。

我翻找著她被汗水浸溼的衣物。衣物上並沒有什麼金屬的材質，但是我注意到了她腰間的包包。我試著掐了掐脹得鼓鼓的包包。粗糙而沉重的感覺，還有丁鈴噹啷的金屬聲。皺巴巴地捆起來的紙幣和零錢，是個錢袋。因為是貴重物品，所以我們需要交給監護人。我摸索著她的腰間，試圖找到腰包的扣子解開。在那一瞬間，她轉身抓住了我的手腕並用力甩開。我看了看她的臉。她沒有在看我，視線依舊停留在天花板上。大概是無意識中也要保護自己的錢袋。

「把監護人叫進來。」

大兒子為了解開媽媽的腰包，開始摸索著媽媽的腰間。患者再次做出了同樣的反應。「媽媽，我是孝燮。把這個交給我，我會幫你顧好。媽媽，是我。」不知道患者是否知道那是她兒子，但她還是甩開了試圖解開腰包的手。

我用力把患者的手臂抓緊。大兒子雖然用力嘗試，但可能因為沒有試過解開媽媽的錢袋，所以一點進展都沒有。患者的視線依然固定在天花板上，一邊抵抗著數人的力量，堅持抓著自己的錢袋。昏迷指數那麼低的患者居然還有那麼強大的蠻力，在幾個人一起壓制她的手的時候，依舊用力掙扎。

「快，快！」

最終腰包扣還是被解開了。錢袋兩側因為被母子倆用力抓住，從腰間被解開的瞬間，錢袋被慣力拋到了空中。在一片混亂中，拉鏈口也支撐不住被撕裂。皺巴巴的紙幣和沉甸的零錢跌落四處。錢袋被奪走的患者視線固定在虛空中，只有手臂得以張開。我們把灑落一地的錢拾了起來交給兒子，儘管錢並不多。患者被移除衣物之後，被推到了MRI室內。

MRI的結果確定了是腦梗塞。一般來說，腦梗塞的範圍足夠廣闊，或是發生在腦幹的部位，才會對人的意識造成影響。患者的情況剛好是腦幹梗塞，因而非常清楚地被檢測到。這暗示了不好的預後呢。我沉默地看著黑白的畫面。在一片灰色斑駁的大腦之中，腦幹區塊顯示著半邊的白色透露出了梗塞的部位。那一個區塊幾乎就等於生命的中樞，在功能失調的時候會出現各種不同的症狀。臉部四肢麻痺癱瘓、吞咽及發音障礙、運動失衡、半盲、意識模糊、呼吸衰竭，嚴重的時候還會死亡。可以確定的是，那軟乎乎的一小塊區域，在麻痺的瞬間，前一秒那一個健康無恙的人就會徹底消失。就像某個人隨便選擇了可以控制人體的能力，然後把患者弄得一團糟一樣。

我忽然想到了剛剛的錢袋，想到患者在這樣的情況下還是努力地要守護她的錢袋。是因為本能強烈得足以戰勝腦梗塞嗎？我停下了思考，呼叫了監護人。大兒子牽著弟弟的手走了進來。

「是腦梗塞，影響了腦幹的部分。從症狀上來看，情況很危險。需要馬上送到重症病房。」

「可以治療嗎？會康復嗎？」

「因為無法確定發病時間，所以沒辦法進行緊急治療。要說會康復很困難，但情況應該是不太好。」

「媽媽認不出我們也是因為腦梗塞嗎？」

「是的。不只是認不出人，連呼吸可能也會變得困難。我們會努力進行接下來的治療。」

「那個，醫生叔叔。」

「嗯？」

「可是媽媽剛剛都有在抓著她的錢袋。那是說她還有意識嗎？」

我瞬間有點惶惶。

「那個，我解釋不了。其實，我也不知道。腦梗塞是嚴重到會影響人的意識，但是有時候，我們無法單純地用醫學角度來討論大腦這個複雜的器官。」

穿著校服的孩子忽然哭了。

媽媽，媽媽她在爸爸走了之後，就一直擺攤養我們。有時候賣辣炒年糕，有時候賣蠶蛹。因為我們都在吃剩下來的食物，所以我們都知道的。最近賣的是棉花糖。雖然都會賣不一樣的東西，但是不管是賣什麼，媽媽都倔強地存錢養我們。送我們到學校之後，她就會推著攤子出去，到太陽下山很久之後才會回家。我去年升上高中之後就開始打工補貼家用，但都沒什麼用。

媽媽一直都在為了我們兩個犧牲。她一輩子都在工作，連腰間的錢袋幾乎都沒有離開過她的身邊。她一分錢都不會為自己花，每次都說要等我們兩個上大學之後，才要一起去附近走走看看。那樣過了一輩子的媽媽，媽媽到底會變怎樣？以後永遠都再也見不到我們嗎？就，就這樣結束嗎？

這些話彷彿不是對我說的，更像是希望別人能夠聽到的懇切呼籲。

「我沒辦法給出確實的答覆。就算恢復了意識，她也可能會癱瘓，或是口齒不清，甚至無法醒過來。日常生活大概會有很多困難。」

「媽媽一直以來都在忍受她的病嗎？我們有什麼可以幫上忙的嗎？」

「沒有，這種情況都是毫無預告，在一瞬間裡發病的。」

「那那一瞬間，就是我媽媽最後清醒的時刻嗎？工作中上洗手間結果暈過去的時候？現在媽媽再也回不來了嗎？」

他說的沒錯。那一瞬間實際上幾乎就是最後一刻了。但我沒辦法如此回應他。在那一瞬間，她為了勉強維持的生活，連最後一分錢都掙扎著守護的人生，變成了僅僅是為了生存都要使勁掙扎的人生。這個家庭今後會如何呢？像滾雪球一樣只會堆積成山的醫藥費用，生死交織的媽媽，還有對命運毫無招架之力的年輕孩子們。我沉默著，轉頭看著電腦上的黑白畫面。映入眼簾的只有惡作劇一般，在腦幹部位明顯可見的一片白。

希望

那是我在神經外科實習的時候，我考取醫師執照後，剛開始在醫院上班。當時的我還有幾個夢想和希望，那是每個初次當上醫生的人都會經歷的。像是在小事上也要盡力守護患者生命的決心，上級吩咐的事情都要做到最好的架勢，還有在未來的日子裡成為人性化地迎接所有患者的真醫生的決心。而這些都是會需要面對所有現實的障礙、面臨挫折的遠大希望。我還有一個特別的習慣，那就是以天生憂鬱的性情，將患者或監護人視為充滿悲傷的存在。在一個剛開始就業生涯、不懂事的新進醫師眼中，生病、垂死的患者以及照料他們的家人也太悲傷了。

所以在某種意義上，神經外科就是那個可以鼓動我所有的決心，熾烈而偉大的部門。我負責的患者超過八十名，雖然規模都很小，但還是會給患者帶來影響的手術一天裡也超過五十場。因為意外敲到頭受傷的人一天內就不計其數，他們都會立刻變成我的患者，由我負責。我在開始的時候，就如我下定的決心一樣盡心盡力，僅僅只是把患者推到病床上，或是抽血、擦消毒藥水這種瑣碎的小事，我都會煞費苦心一一仔細地做好，也會努力向每個人傳遞我溫暖的心意。然後在剩下的時間裡，會對他們的處境或是感情產生共鳴，並沉浸在悲傷之中。明明連物理上睡覺的時間都沒有，可是心裡總是覺得一直要再做些什麼，所以那陣子的我非常忙碌。

在那段疲憊的日子裡，有一個晚上讓我覺得特別痛苦。那天凌晨，有三、四個腦出血的患者忽然整晚都睡不著覺。在那其中，有個睡夢中忽然腦動脈瘤破裂，蜘蛛膜下腔出血而被送入院的五十歲男子。身形魁梧的他，除了偶爾因痛掙扎之外，完全沒有任何意識表現躺著。不論是哪一種腦出血都是壞事，而且涉及範圍很大，就算是動了手術，大部分預後情況都蠻糟糕的。曾以沉重的身軀活在這個世上的他，已經失去了過去的自己。

發現自己的丈夫在身邊暈倒，現在又聽到醫生說丈夫大概再也醒不過來的中年女子哽咽著。他們的兒子和女兒看起來還是稚嫩的學生，以沉痛的表情安靜地站著。在手術結束後，男子有一陣子因為意識不明而被移送到了重症病房。我的任務則是每天給他進行血液檢查和消毒。

中年女子在失去意識的丈夫身邊守護並照料著他。兒子和女兒也會在放學後，直接穿著校服來到醫院默默地守著父親。我在那段時期有承諾過，不論是誰，我都要對他們說著有人情味的話。所以不僅僅是中年女子，連患者的子女，我都會假裝和他們很熟悉，每天都會去看訪患者幾次。中年女子總是會特別親切地對待我這個任誰都看得出是新進醫師的我，更何況那一段時期，我和他們一家人都是需要留宿醫院的人。即使在走廊上遠遠地碰面，我都會很欣喜地和她打招呼，她也會拿出準備好的飲料送給我，我們還會互相寒暄著對方的生活。我和他們一家人，就這樣產生了一種志同道合的情誼。

儘管如此，我依舊無法克制自己去想到，中年女子以後都需要照顧一輩子與輪椅為伴的丈夫，而他們兩個一放學就逕直來到醫院的兒女們，以後的生活大概都會充滿著悲傷和不幸。原本身材魁梧的患者日漸消瘦，連中年女子都會推著輪椅，開著玩笑說：

「我家這位瘦得我都可以獨自把他扛起來了。」

不知不覺間，我在神經外科的實習期結束，再也沒有太多見到那一家人的機會了。在那之後，我們偶爾會碰見，也依舊會高興地打招呼問好，但是當我開始在急診室當班的時候，就再也沒有機會見到他們，也漸漸地將他們置於腦後。

接著的幾年裡，我都留在了急診室。我此時才明白實習時期的我所做的一切處置其實只有微弱的影響力，幾乎完全沒有辦法對患者的生命產生任何的影響。上級指示的任務根本沒有完美的解決辦法。全方位做到完美的「真正的醫生」，或許只存在於小說或是電視劇裡。但即使是親眼目睹了很多的事件和意外，也捲入各種風浪和感情中，我依舊沒有停止裁決人們的不幸。總的來說，急診科醫師見證的，只有人們的吶喊、尖叫、呵斥和悲傷的樣子。需要停留在急診室裡的時間過去之後，不管是情況變得安穩，還是變得更加悲傷，他們都各自回到了自己的人生。

就這樣時間過去，某一天，一個坐在輪椅上的大叔出現了。是我在神經外科實習的時候看過的那個大叔。隨行的還有那個給人溫暖印象的阿姨。見到他們讓我由衷地高興。他們也一樣看起來非常驚喜，認出我的時候神情特別欣喜。

「天啊，醫師！現在還成了有牌的住院醫師囉！」

大叔一如往常地無法行走或是說話，但是看起來還是過著穩定的生活。坐在輪椅上的他可以靠人餵食好好吃飯，也可以到外面散步，身體機能都維持良好，還可以表現一部分的感情。大概是因為幾年內阿姨都有悉心照料著的原因。我甚至可以原原本本地感受到她說話語氣裡明亮的朝氣。

「我家這位最近狀況都很穩定，就是今天有點發熱，所以我們就過來了。」
「好，那我幫你們看看。我剛成為醫生的時候看過，時間居然過了那麼久欸。但先生還是看起來很健康，氣色看起來也不錯，我真的很開心喔。」
「我家小孩也快到了。每次都會說想念醫師，太剛巧了。」

給大叔進行了必要的檢查後，他一下長大很多的兒子也來到了。我和他也是時隔了很久才有機會見面。雖然看起來還是有些稚氣未脫，但是他還是穿著正裝，神采奕奕地站在自己父親身邊和我打了招呼。

「剛開始的時候很想念會照顧我們的醫師喔。過後還特別想見您一面。現在我開始上班了，一邊照料著父母，日子過得還不錯。」
「哇，居然都開始上班了喔！時間真的過了很久欸。」
「哎喲，我也才沒幾歲啦。」

在我的記憶裡，這個總是默默地承受著悲傷的高中生，如今已經踏入了社會，可以堂堂正正地和我聊天了。他的成長在我意料之外，讓我更為開心。

「很帥氣喔，真的。」

「啊，妹妹在準備大學入學考試。她學習很好喔，說以後想當護理師。」

「希望妹妹可以成功然後來到這裡上班喔。這段時間裡，我也從實習醫生變成了主治醫生，所以我會盡心盡力地照顧你爸爸，就像重逢的家人一樣。」

「謝謝你，醫師。」

看著自己的兒子穿著正裝站在一旁，阿姨的眼神特別溫柔。照顧著生病的丈夫，同時還把兒子拉拔長大成了社會人，對她來說，那是一件非常光榮的事情。逐漸被忘記的家人和這次的意外重逢，還有他們之間互相依靠、相愛的樣子。我的心裡忽然一陣清爽，然後隨著時間的追溯，發現了一件事。

當時在那個位置的所有人，都在成長。

即使家人經歷了無法挽回的不幸，或是身為一家之主卻倒下，變得需要與輪椅相伴一生，人也不會因此而感到悲觀，也不會癱坐在原地。反而，身邊的人會把他拉進懷裡，照顧他，同時也在各自的位置上找到前進的方向，感受著喜怒哀樂，並成長著。

在我選擇用充滿悲傷的視線看著世間萬事的期間，坐在輪椅上的他找到了位置穩住自己，然後堅強地活在這個世界上。他的家人們也在照顧他的時候，尋找著屬於自己的位置。患者某一天會開始可以咀嚼食物，會開始可以表達自己的情感，在那些時刻，他的家人會依靠這些幸福，繼續愛著，繼續活過來。

那個時期的我，所幸家人都健康無恙，無需經歷這樣的挫折。但是，因為看到了人們在急診室裡的吶喊，所以我依然習慣性地裁決著人們的不幸。但是種子不論到哪裡都會發芽的。越是貧瘠的地方，種子發芽後會綻放出更華麗優美的花朵。我們的存在並不是一蹶不振的。所有的人都會擁抱自己的悲傷，然後堂堂正正、理所當然地活下去。離開醫院的人們克服了試煉，偶爾還會帶著微笑活下去。一段時間裡都沉浸於艱苦生活的我一直都忽略了這個事實。人們的生活不會只剩下不幸的。那個溫和忠厚的家庭在那一天，用極為深刻的方式告訴了我這個事實。

診斷

那是一個和往常一樣無聊的講課。上了年紀的教授在說明著修訂版的國際疾病分類表，不知為何，教授講解的內容似乎如書中記載的一樣，乾燥又形式化。

「ICD-10是疾病及相關健康問題國際統計分類的第十次修訂版。世界衛生組織每次發布修訂版，都將患者分類為國際上統一的疾病和症狀。由於這是一個全球所有醫生都必須共享相同的診斷系統，ICD-10有二十二個不同的分類家族，以對應一切可能會發生的一切情況。大家每次診療患者的時候，只要找出符合這一個體系的診斷名，然後填寫進去就可以了。」

學生們用無聊的表情繼續聽著教授的說明。教授也用著同樣的語調繼續上課。

「ICD-10中必須要涵蓋所有的情況，所以雖然在ICD-10裡，也會把『傷寒』或是『腹痛』這種常見的診斷細化記錄，但是『核武器傷害』、『被犰狳科動物咬傷』、『被異性拋棄』，這些出乎意料有趣的診斷也都包含在其中。」

就在教授忽然說出「戰爭」、「被異性拋棄」這樣的詞彙時，學生們都看向了講臺。教室裡散漫的氣氛忽然變得稍微有點集中。而教授發現自己引起了學生興趣後，稍微用力繼續說了下去。

「好了各位，我現在有個問題想問大家。全世界的所有醫生都依據著ICD-10來給自己診療的每個患者做出診斷。那，通過這個基準來統計的話，一定會有一項診斷是導致世界上最多人死亡的。那請問這個診斷是什麼呢？啊對了，作為參考，到現在為止，歷屆的學長姐們也沒有人答對過喔。所以答對的同學可以特別獲得加分。」

教室裡充滿著嘀嘀咕咕的聲音。可能是因為會有加分，有個同學舉起了手，喊出了明顯錯誤的答案。

「癌症！」

「不是的。」

其他學生也舉手回答。

「高血壓！」

「不是的。」

「交通意外！」

「糖尿病！」

「都不是喔。」

我們再也想不出像樣的診斷了。大概是醫學角度上無法答對的吧。我們安靜地等著教授揭曉答案。教授用稍微顫抖的聲音開口了。

「是 Extreme poverty，極端的貧困。簡單來說就是貧窮。」

我們瞬間猶如遭受了棒頭一喝。

「我們需要瞭解到這個世界上帶給人類痛苦的事情。癌症、高血壓和糖尿病，沒錯，這些都會讓大家痛苦。但在這世界上，有非常多的人都活不到可以經歷這種疾患的年齡。這是一個大家都清楚知道的事實。那，這些人的診斷會是什麼呢？難道要為這些人都貼上我們醫學上引以為傲的診斷，將他們歸類於這些死因嗎？當然不是，這些人都是因為貧窮而死的。」

我們連口水都不敢吞咽，安靜地聽著教授的話。教授激昂地繼續說了下去。

「各位現在都將成為醫生，當然會想醫好癌症、高血壓、糖尿病，覺得那樣延長著人類的生命就是帥氣的醫生。可是，請各位記住：讓全人類中大部分的人痛苦，甚至死亡的，不是病、或是任何的疾患；而是因為沒有東西吃、沒有衣服穿、沒有地方住，所以死去的人呀。連自己是不是生病都不知道，就這樣死去的人。在為人類延長生命之前，醫生的存在是為了要照顧人類的。各位或許一輩子都不會有機會碰到這個診斷，但是絕對不能忘記占據這世界上多數的痛苦。我相信，大家會把這一個儼然存在的診斷深刻地銘記於心，成為一名超越複雜的學問，去真正理解人類的人類。」

貧窮

安靜的夜晚，一個乾瘦的中年男子進到了急診室裡。他以緩慢的動作，坐到了我身前的圓形椅子上。近看才發現，他因病態看起來更瘦弱了。陳舊的衣袖下，他伸出了纖細瘦長的手臂。他的衣物與身體相比過於寬鬆，比起穿上，更像是披上了一塊布料。

「有什麼事嗎？」

「我沒有力氣。」

「只是那樣嗎？」

「就只是那樣。」

我看著他面無表情的臉。眼神渙散，身體比一般瘦削，都只剩下骨頭。第一眼就看得出是長期與慢性疾患搏鬥的人。我先翻閱了他的醫療紀錄，但卻什麼紀錄都沒有。他是個第一次來到醫院的患者。在這深夜之中，單純的因為全身無力所以第一次來到了急診室。問了之後，發現他連其他醫院也都沒去過，只說自己已經這樣渾身無力一個月左右了。我只好先讓他躺到急診推床上。

他非常緩慢地把自己的身體往病床上移動。從他的褲腳部分，可以看到他的腳踝也是十分瘦削的。像是虛脫一般，他看著天花板的視線裡沒有焦點，纖細的四肢就算靜靜躺著，也都在顫抖。通過寬鬆的格子上衣看到，他腫起來的腹部特別顯眼。我把他的上衣掀了起來。他的肚子與身體其他部位違和地呈現了一個球形。用手指戳了戳，他的肚子聽起來就像是快爆炸了。

「你的肚子是什麼時候開始這樣的？」

「也是差不多一個月了。」

「應該是裝滿了腹水。這是肝的疾患。你的肝有得過其他的病嗎？」

「我曾經得過肝炎，但不記得是哪一種。」

「沒有接受治療嗎？」

「因為身體沒什麼事所以就沒去醫院了。也不知道是什麼時候開始就沒有再接受治療了。」

從他的話裡大概可以推斷出他來到醫院的過程了。他不太在意自己的健康，就算生病也不會特地去醫院，就這樣硬撐著。結果他的肝疾患就在某天忽然惡化。這種事很常發生。但既然都來到了醫院，現在開始入院診療也是來得及的。看來至少是肝硬化，或糟糕的話，肝癌。看著他的病情惡化得如此快，讓我不得不覺得比起肝硬化，肝癌的可能性會更高。

「先讓他躺在病床上吧，然後開始做檢查。請先確認血液，然後慢慢跟他說明之後再進行其他的檢查。」

不出意料的話，他的血液檢查報告肯定會出現異常。連他自己都不知道是什麼的病還在他的肚子裡欸，感覺很糟。可是他確實是一個在這嘈雜的急診室裡，安靜地接受著自己病了的患者。

在那期間，我還替幾個患者看診了，才收到了他的檢查報告。比想像中還糟糕。肝的數值不用說，白血球等等大部分的數值也都是異常的，甚至連腎功能指數都非常高了。非常糟糕的症候。現在有可能是因為數個問題重疊而造成急性惡化，也可能是因為慢性疾患而在臨死狀態。對於一個不曾接受任何診斷的人來說，忽然發現那麼傳統的內科疾病是極為罕見的。基本上他就是完全沒有接受醫學方面的幫助，就這樣堅持忍到現在這個狀態才來到醫院的。

無論如何，現在他的腎功能指數太高，我們無法對他進行使用顯影劑的ＣＴ掃描。我們不必急於診斷，甚至可以慢慢矯正數值的同時，進行必要的檢查。但是，我決定立即給他進行超音波檢查來確認他的病。要通過超音波進行精密的診斷有點困難，但我有種不祥的預感，總覺得只需要用到超音波檢查，就能發現他的問題。

他伸出纖細的手臂正在輸液，液體緩緩地被輸入他的身體裡。當我將龐大的超音波儀器推到他的身邊時，他轉頭看著我。他的臉也瘦得彷彿可以清楚看到骨頭的形狀。

「我現在要進行超音波檢查了喔。可以請你把上衣掀起來嗎？」

他緩緩地將上衣拉了起來，再次露出了腫脹的肚子。我把左手掌放在他腹部的右上部分，右手握拳輕輕地放在左手掌上。他的肚子和腰部瞬間蜷縮起來。

「很痛嗎？」

「對。」

他再怎麼表現得泰然，都無法隱藏疼痛。難怪我剛剛會因為他眼前即將揭曉的不幸預感忐忑不安。這臺儀器和我的眼睛，馬上就要來揭曉疼痛的原因。我把超音波探頭蘸滿了耦合劑，然後帶到我剛剛碰觸的腹部邊。很快，我手中的探頭就碰到了他的右上腹，也就是他的肝所處的位置。我好不容易才從畫面中找到了他的肝組織。嚴格來說，他正常的肝組織已經在巨大的腫塊之間，幾乎不剩下任何痕跡。這很明顯的是肝癌。感覺他的整個肝臟已經都被癌細胞代替了。

在這一瞬間，他的餘生都被決定好了。現在開始，他的生活就會是在醫院裡接受著形形色色的檢查，忍受著痛苦，對抗著病魔。而我成為了第一個知道他命運的人。感受到了憐憫，我拿著超音波探頭，開始問著他。

「一個月裡面什麼都吃不了嗎？」

「吃了，但全部都吐出來了。」

「喝酒了嗎？」

「那個勉強還吞得下。」
「為什麼沒有接受肝炎的治療？」
「因為不痛，所以就沒有接受治療。」
「那在那之後痛起來的時候，怎麼沒有過來醫院？」
「就還勉強可以活下去啊。」
「……」

他如果再早一點點過來，就可以早一點發現癌細胞了。我並沒有追問或指責他的想法，實際上我也沒有那個權力。而且，聽了他的回答後，我發現連要責怪他的邏輯都沒有。超音波探頭還拿在手上，我再次凝視著他。

「你是做什麼的？」
「我開公車的。」
「上班不會很辛苦嗎？」
「只要坐著轉動方向盤就可以了，所以還勉強可以。」
「家裡人呢？」

「我和我太太分居，有一段時間了。沒有孩子。但是有一個表姐，是像親姐姐一樣對待我的人。」

「身邊沒有人勸你來醫院嗎？」

「我自己一個人住。」

像是要大概掌握了他的情況，大概瞭解他與病魔抗爭的時候身邊有多少人可以幫助他之後，我才能說出必要的罵人的話。我暫時停止詢問他，看著他的臉，想了想他的人生。他也在直盯盯地看著我，他的眼神就是在看著一個知道關於自己的真相的人。更何況，在像戰場一樣的急診室裡，一個醫生忽然問起了自己的家人和工作，把自己身體託付給別人的人，會察覺不到這代表著什麼意思嗎？他在短暫的沉默後先開了口。

「醫生，我已經做好心理準備過來的。雖然醫生您是醫生所以知道，但我是因為這是我自己的身體，所以很清楚。我連手都動不了了，所以我知道事情不好了。肯定是壞消息，我已經知道的。所以你可以放心的說吧，沒關係的。」

「……」

「……」

「應該是肝癌。所有的症候都一致。現在剛剛開始檢查，所以我也很難仔細講解。首先請入院，然後趕快仔細檢查之後，我們來找治療方法吧。」

「啊……」

他的眼神有瞬間的動搖，但馬上就恢復了原狀。他開口回應的時候，聲音一點也都沒有在顫抖。他平靜得太快，感覺上我們的對話都沒有停頓的瞬間。

「我知道了。」

他很順從地接受了自己的宣判，像是一個已經瞭解一切之後才過來的人。我把今天能說的凶狠話都吐了出來，轉身離去。然後也忽然變得很困惑。他用了太短的時間，去看開一個足以讓自己的命運全盤顛覆的宣判。就算一個人能直覺感受到最壞的情況，難道一點都不會期待聽到自己身體健康這樣充滿希望的話嗎？另外，他過去的時間裡已經清楚意識到自己的病情，那為什麼都只繼續留在家裡呢？

但在急診室裡，極力忽視自己病情而最終變得不幸的人其實很常見。只要稍微早一點點，他的人生就會完全不同，但是此時此刻，一切的假設都不知何故變得荒謬。

一個小時後，我接到了通報，是剛剛那個疑似肝癌的患者說要回家了。出乎我意料的是，他是因為經濟上的原因要回家的。他是個肯定不能回家的患者。他的腎臟功能指數照著現在的情況繼續惡化，如果不接受治療的話，他有很大的可能性會猝死。他這太荒謬的話讓我馬上回到他的病床邊，用稍微激動的語調開了口。

「剛剛不是跟你說了是肝癌嗎！」

「我有事。」

「你現在的腎臟功能指數有問題，連檢查都沒辦法進行的程度了！因為這樣我們連你的癌細胞多嚴重，擴散到哪裡都無法知道。更大的問題是，我們現在也不知道為什麼你的腎臟功能指數那麼糟糕！這會猝死的。我可以保證，只要你回家，就會死的。」

「我沒錢，我一點錢都沒有啊。」

「人都這樣了，那就是你所謂的有事嗎？」

「是的，醫生。我不是跟你說過，我做好心理準備才出來的嗎？我現在也知道這是肝癌了，那就夠了。我會稍微整理一下身邊的事，然後就這樣留在家裡的。」

「我再次告訴你，您現在死亡的可能性很高。」

「我聽到了。」

他說完之後，再也沒有開口了。實際上，如果意識清醒的患者拒絕治療的話，身為旁觀者的醫生是束手無策的。看起來要說服他的邏輯也是不可能的。

「我知道了。因為您堅持要出院，所以我得告訴你，先生您的肝癌已經是末期了，剩下的時間不會多。如果你已經知道了但還是堅持要走，那我也沒辦法。如果您需要幫助的話，請隨時過來。」

「謝謝你。」

他依照程序，簽署了「自動出院同意書」，拖著他那看起來更加柔弱的身體出去了，回到那個他從前至今都在努力對抗生命和疾病的地方，熬過餘生。

我馬上就再見到他了。就在把他送走之後，不到兩小時內。他離開急診室後，在回家的路上。忽然一直以來他都努力忍著，彷彿把他的整個世界用力上下晃動的昏眩感猛擊了他的頭。他半路上倒下，開始嘔吐。一個月以來都沒有吃東西，他倒在地上，嘔吐在地上的只有黏糊糊、帶點黑的綠色液體，就這樣引起了路人報案，讓他再次被送到醫院來。他躺在緊急推床上，用力抓住塑膠袋，用盡他那瘦削身軀裡的力氣在嘔吐，現在看起來就完全是個等待死亡的肝癌末期患者了。

「又見面了呢。」

「太暈了，我連躺著都覺得很困難。太暈太暈了。只要幫我解決這個，我就真的回家了。」

他為了注射鎮定劑，回到了不久之前自己還躺著的病床上。我只要想到他是一個明明已經感受到了自己生病，但還自願拒絕治療的患者，就覺得瘋了。那麼堅強的人大半夜裡都要找上急診室的話，這種程度已經基本上是半隻腳踏入鬼門關了。他原本都可以忍到那種程度了，但都到那種程度的話，現在應該難以忍受了。他彷彿在給某人打著電話，而他那纖細的手臂又再次被輸液了。

再次實行的血液檢查結果出爐了。腎臟功能指數又更高了。惡化發生得太快，看來是無法馬上治療的多重器官衰竭。在那時候，有個自稱是他監護人的中年女性找上了我。她給我樸素的印象，沒有憂鬱或急迫的感覺。

「患者的狀態怎麼樣了?」

「看來是肝癌,生命垂危。聽說你是和他比較親近的親戚。」

「算是嗎?那算是吧。我們已經很久沒有聯絡了。離婚之後我也不知道他怎麼活著的,我自己也過得很艱苦。我想過,他會不會就死在哪裡。沒想到那麼久以後再見會是在急診室裡呢。」

預料之中的話。但也總比完全沒人過來要好。

「是的,患者說了不想要接受檢查。但既然監護人來了,那我們會進行檢查。至少要確定是不是癌症。」

她看起來沒有被嚇到的樣子。許久未見的兩人也沒有聊太多。患者依舊因為昏眩感而抱著自己的頭,間接性還會嘔吐;他的監護人拍著他的肩膀,安靜地坐在他身邊。我下了指示讓他進行沒有顯影劑的CT掃描。注射鎮定劑之後,大概是昏眩感稍微減緩,他安靜地接受掃描之後出來了。

他的腹部CT掃描結果出來後,包括我短暫看過的那一部分的腫塊,腹部有著很多其他腫塊，還積滿了腹水。肝癌像是大片撒播的種子，在他的腹部裡擴散了。接下來看的是讓他極度昏眩的頭部CT掃描結果，結果也不出意料。他的腦中均勻地散布著被擴散至此的圓形腫瘤，像是盛開的白色花田。這些腫瘤以可怕的速度生長著，在他的頭蓋骨內壓制著頭腦，給他帶來極度的頭痛和暈眩感。我向他的監護人正式宣布了癌症末期的消息。兩人的反應，都像是聽到了意料之中的消息。患者因為暫時的痛苦又開始掙扎，無法做出任何的回應或是決定。我用藥物讓他先暫時平靜下來。痛苦暫時消退的時候，就是他需要對自己的生命表達任何立場的時候了。

注射了麻藥性止痛藥物後，他看起來稍微好了一點。表情比較舒緩，嘔吐症狀看起來也消停了。不久後，我又再次接到了關於他的通報消息。又在說要回家了。我馬上過去說服他，說一定要積極治療。死亡正在威脅著他，應該比較容易說服他吧。

「先生，說實在的，你也回不了家啊。我知道你的四肢都無法行動了。我們不管是什麼都會去做到的。現在可以很確定告訴你，是肝癌末期沒錯，再加上腦瘤，治療方式不多，幾乎可以說是沒有了。但是也總不能就留在家裡原封不動地承受著那些痛苦，然後就那樣死去啊。先住院，以後再來想辦法解決醫藥費吧。現在錢很重要嗎？」

「我，現在身上，或是儲蓄的錢都沒有。因為身體變得不好，所以也沒辦法工作。稍微休息一下後，連最後一分錢都沒有了。我在房裡每天喝著酒，有一天忽然覺悟到我就是會死去的命運。所以我死的時候，絕對不能留下任何的東西，不能造成任何的麻煩啊。

就算麻煩了別人，我到最後還是會死的。不管借了多少的錢，我都是會死的。我完全沒有能力還債。我必須盡最大的努力安靜地死去。反正離開之後，聯絡人只剩下對我厭煩的前妻，還有表姐。就算是她們，我也不想在死前給她們帶來麻煩。我不想帶著人情死去。」

他什麼幫助都不想要，只想安靜地死去。可是他很明顯地在害怕著死亡，害怕著痛苦。所以現在的他才會在我面前。而比起全力折騰他的痛苦和死亡，他還有更害怕的事情。一整天轉動著公車方向盤卻只有一點點的錢。那些錢少到他都無法好好照顧自己，而如今的他更是已經一分都不剩了。

人不需要為了死去用錢。在死去的那一瞬間，老天爺不會收稅。但是，到死去為止，人還是需要錢的。沒錢的話，人在這個社會裡，連死去都無法體面。如果死亡有代價，這種死亡就是以近乎免費，最便宜的死亡吧。我有點著急，不想就這樣把他送走。我回到護理站，試著找到一個可以讓他過去的地方，至少可以讓他體面地死去。最後我好不容易替他找到了一個願意接收他的，一家流浪病人或露宿街頭者會去的醫院。我再次向他走去。

「我找到了醫院。不是像這裡一樣的大學附屬醫院，是一家小醫院。在那裡，就算和你的情況一樣，只有保險，沒有支付保證也是可以入院的。他們也不會在治療途中和你收取費用。」

「真的嗎？」

「先生，情況再怎麼糟糕也會有基本的治療。是有藥物可以讓人平靜舒緩的。先生，您沒有理由連那些都放棄。有些醫院是會幫助有經濟困難的人的。請您答應我一定會過去，好嗎？」

「啊……」

嚴重的痛苦和意料之外的建議讓他動搖了。

「這是我所能做到的極限了。只要你願意去，就不會像您所說的那樣給別人造成困擾了。」

「知道了。那個，醫生……」

「嗯？」

「謝謝你。謝謝你在我死去之前為我看病，謝謝你讓我在死前遇見你。」

「不管是誰都會這樣的。拜託好好接受治療，真的，拜託了。」

他到最後都還是抱著頭，安靜地躺著。最終，他在我們醫院裡欠拖的醫藥費，一分都交不出來。那個據說是很親密的，像親姐姐一般的監護人也沒有支付。或許是患者讓她不要支付的，也或許是有什麼難處讓她也交不出來，再不然或許是唯一的血親做出的無情決定，我不知道，也不想知道。

不久之後，他就躺在急救推床上，穿過急診室裡的走廊被推出去了。瘦得只剩皮包骨的臉，皮膚乾裂著，他躺在推床上看著我。他的眼神在動搖。我輕輕地對他行了注目禮，然後抬頭看了看這個空間。這個空間裡充滿著貧瘠的心，還有四處響起的痛苦呻吟、哀嚎。很快地，他那窘迫的內心和他一起完全離開了急診室。

他最終還是到了那家醫院去度過最後的日子。不久之後，他將會擺脫窮苦，去到某個沒有錢的概念的，不是醫院，也不是社會的地方。那這一瞬間可以算是人人都平等的死亡嗎？人類的生命不都是一樣有限的嗎？但，他承受的痛苦，不是世界上每個人都能忍受的孤獨的痛苦，還有在面臨死亡之際過分謙遜的心，怎麼會變得世界上竟有人連死亡都不恐懼？我無法繼續想像下去。我至今學到的知識，只能讓我確定他即將面臨的死亡。到現在也是，在這世界上，依然有這樣的人，在逐漸乾癟著，等待死亡。人啊人，今天也依舊都在與我擦肩而過。

服毒

我曾見證過無數的死亡，也見過無數人在面臨死亡時的眼神。大部分的眼神都是失去焦距的。眼神中無法留下任何的感情，人們就這樣虛無地死去。但可以很肯定的是，也有人留下的最後眼神像是在瞪著什麼似的。他們留下令人心驚的尖銳感覺，讓每個目擊者在見到他們黑色的瞳孔後，留下不可磨滅的印象。因為那是他們用盡全力留到最後一刻的。

自殺的人首先會被送到急診室來。陰天的時候會比較多，天氣晴朗的日子裡會比較少。甚至比闌尾炎的人多了太多。在市區裡濃霧迷茫的日子，她，在那一天第七次試圖自殺。隨便撕開的藥物包裝，人類絕對不能服用的劇毒物質，精心寫下的遺書和她，一起被送來了。

她的意識模糊不清。年高九十歲，因老衰而萎縮的身體，困難地呼吸著。我一開始的時候以為她是老人疾患或是敗血症患者。年過九旬的人，通常很容易因為那些疾病往生或失去意識。但是一眼就能看到和她一起到達急診室的，是一大堆藥物包裝。那些包裝都已經隨便被撕開，裡面的藥丸一顆都不剩。監護人說患者她一直都沒辦法睡好。因為行動不便，所以每次領藥的時候都會一次性領很多。剛剛進到患者的房間時，才發現那些藥都只剩下了包裝。

「奶奶，奶奶，您是把這些都吃完了嗎？」

她恍惚地點了點頭。

「這樣太多了。您是有要嘗試結束生命嗎？」

她這次也點了頭。大概是覺得自己餘生不長，所以很坦蕩地回答了。我的腦海裡忽然覺得很複雜。服食這種程度的量，馬上就會完全失去意識，站在閻王的判決臺前了。況且她還是個高齡患者，天秤更傾斜至死亡的那一邊。我大聲吩咐著醫護人員把她推到重症區，然後盯著一起送到的藥物處方。是安眠藥中偏不好的類型。我馬上通知了監護人。

「這種程度上，我們無法擔保生命安全。情況馬上就會惡化進入危險期。老奶奶平時就有憂鬱症嗎？」

「因為活的歲數很大，她一直都有說想死，就像那是她的願望一樣。但我們以為那就只是老人家的口頭禪。我們沒想到她真的會服藥……她因為行動不便，所以也沒辦法接受憂鬱症治療。」

是一個普遍常見，無法反駁的情況。但像這樣，用如此決心堅定吃了那麼重劑量的藥物是很罕見的。有些人最後的毅力偶爾會在這種情況下顯現出來。我一併下了指示，讓醫護人員預約加護病房，還有包括中心靜脈管和透析管在內的所有醫學治療。因為我其實已經提前感受到了死亡，也因為如果不這樣準備的話，遲來的罪惡感會讓我害怕。

她獨自躺在加護病房裡，面前連接著包括輸液管等的各種軟管。動脈血液分析結果顯示了嚴重的酸中毒。藥效已經對她全身產生了影響。她正以痛苦的表情，困難地呼吸著。我夾起一根粗管果斷插在她身上。滲透全身的藥物和緊急治療讓她痛苦不已，她忽然開始全身發抖。

「抗痙攣藥，安定文 2 毫升注射。」

她瘦弱的身子抽搐著。這是服用安眠藥導致最糟糕的結果。全身的信號錯亂導致她開始抽搐，萬一影響到心臟，她就會因為心律不整而死亡。她老弱的四肢不停地用力顫抖，甚至到了讓人懷疑她的這些力氣到底從何而來的程度。不知道是不是因為藥效，她的痙攣逐漸開始減緩。我們繼續增加抗痙攣藥的劑量，然後準備透析治療。她恢復意識之後，面露痛苦地喘著氣。

「奶奶，痙攣可能還會發生，會很辛苦。說實話可能這次會沒辦法清醒過來。可能就是最後一次了。我們會盡力的。」

「我，我什麼時候會死掉……」

「不行。就算再多一下下都好，您得活著。您可以的。」

「痛，太痛了。我的身體就像散了……」

「奶奶，加油堅持住。」

「我一直都想死去。都活夠了，想死了。活著太討厭了。但為什麼都死不掉。我這樣親自，但……真的太痛了。」

她再次咬緊牙關，連眼球彷彿都在用力。

「太痛了。我後悔了。早知道那麼痛的話就不吃了，明明剩下的日子也不會很多。早知道就活到我的命……我後悔了。醫師，對不起……」

我從未見過如此痛苦的瞳孔。衰老的眼球因為死亡的痛苦而銳利地顫抖著。不一會兒，她的瞳孔往一邊用力轉了過去，同時她咬到了自己的舌頭，血液開始從她嘴角流下。是第二次的痙攣。代謝性酸中毒，身體信號錯亂引發的身體非正常動態，連我也無法料想這有多麼的痛苦。但我知道，我正在目擊的是可以和死亡相提並論的痛苦，像是身體真的散了一樣。我把她顫抖的頭部往左邊抓住，然後把布滿血的舌頭塞回原本的位置。抗痙攣藥再次輸入。痙攣持續一陣子之後停了下來，但也在同時，她的心電圖上開始顯得不平穩。心室性心搏過速引起的心搏停止，因為心臟停止跳動，所以痙攣才停下的。

醫護人員們馬上爬上床，替她執行心肺復甦術。強烈的電流每兩分鐘貫通著她的身體，每一次都讓她軟塌塌的身體掙扎著揮動。看著她乏力的身軀接受著毫不留情的緊急治療手法，我腦袋中忽然想起剛剛聽到的後悔一詞。雖然是失去了意識的肉體，但看起來還是痛苦得很可怕。如果活著的時候能更平安快樂一點，如果能夠奇跡般地沒有變憂鬱……我倏地想起了那讓我至今都忘不了的眼神。被塵封在遠處記憶裡的恐懼突然襲來。

是個幾年前見過的年輕人。他被送來時，因為把一整瓶的冰醋酸都喝完在掙扎而被發現。一起送來的時候，瓶子裡幾乎一滴都不剩了。即使是那樣，入鼻的味道也已經是讓人反胃的酸。如果不是渴望死亡的話，連把瓶子放到嘴邊都會很困難。我搖晃著他，想要和他對話，但是完全不可能。都怪那種讓食道和腸胃都高度燙傷的極度痛苦。就算沒有親自經歷，我至今都無法忘記。我們平常說的難受，如果到了會失去生命的程度，那種痛苦會有辦法說明嗎？不管是誰，會有辦法在自己的腸胃被灼傷之際好好解釋嗎？

他躺在加護病房裡，任誰做什麼都沒有任何反應，一聲都不吭。但他神情異常地亂揮舞著雙手，開始胡亂撓著、敲打著自己的胸前。燒焦的食道在身體裡，深得沒辦法觸碰，取而代之的是他彷彿想要撕下不管是任何東西，來減輕痛苦。在他指甲開始摳著胸前的皮膚時，我們用力抓住了他的手腕。他只能全身掙扎著，撓過的部分也開始流血。這樣的痛和腸胃灼傷的痛相比，依然微不足道。我像是給予他最後的禮物一樣，通過血管，為他注射了全身麻醉劑。

「睡吧，快結束了。」

他幾乎馬上就失去了意識，因為冰醋酸的毒性馬上就死去。但我依舊忘不了他那快瘋掉般的瞳孔。還有最後的注射、死亡、倔強的手腕、手都無法觸碰的，內臟融化消失的痛苦、還有四處轉動的瞳孔。

我腦海裡浮現當時的回憶，直到最後都在為了救回老奶奶而努力。那幾乎就是在壓碎她的軀體，以衰弱的身體吞食藥物的年邁之軀，再也回不來了。我把手覆上她的眼皮，輕輕地替她蓋上瞪大的瞳孔，讓她再也不需要看見什麼。一切結束之後，剩下的就只是一具屍體，還有深陷的胸口。急忙中插入她皮膚的針孔留下了一個觸目驚心的孔。這就是她曾想要的結束嗎？她荒唐的心願，如今算是成真了嗎？

最起碼，我是無法祝福這具身體的。不是因為我的使命，而是因為那痛苦得可怕的眼神，抹去人類生命的痛苦，還有她最後的後悔。有些人會覺得死亡會是舒心的結局，但凡是曾親眼目睹那過程，必須完完全全接受的時候，不管是誰都會感受到，親自結束自己的生命就等於親手破壞、殺戮著人類的肉身和靈魂。而這些都在這裡確確實實地發生著。人們總得經歷這個過程的。究竟想要死去的渴望，值得如此的代價嗎？

我放下剛結束的苦痛轉過了身。剛從加護病房裡走出來，我隱約想起了彷彿在瞪著什麼的瞳孔。短時間內應該沒辦法好好睡著了。又是那種眼神，又要和那種眼神一起睡著了。而當天，還有三名自殺患者被送了進來。

細菌

細菌會傳染疾病。細菌的種類繁多，所以會傳染的病也很多樣。誘發特定疾病的細菌會進入人體，感染患者並引發症狀。那種特定的細菌會分配在感染者的體液、飛沫、糞便之中，如果進入他人身體，就會一併把疾病傳染過去。在那其中，也會有人因自身免疫能力而沒有出現特定的症狀，他們稱為「無症狀帶原者」。在中東呼吸症候群冠狀病毒感染症（MERS）肆虐的時候很常被提及，熟悉的詞彙。就算通過體液被感染了，這些人依然看起來很健康，並且會成為更多人的感染源。

這個細菌學的基礎對於現代人來說是常識。但其實，這個論證在人類史上被接受的時間並不算長，特別是有關無症狀帶原者的論證成立至今都不到一百年。而引發並證實這個論點的過程中有一個不得不提的人物，在人類防疫歷史中最重要的人物——「傷寒瑪莉」。

她本名叫瑪莉．馬龍（Mary Mallon），一八六九年出生於愛爾蘭。她一輩子都獨自在紐約生活著，並以廚師的身分被上流階層的不同家庭僱傭了多年。在一九〇七年的某天，傷寒開始猖獗在各個她曾服務的家庭中。當時受僱調查此事的醫生喬治索柏（George Soper）看著那些房子裡乾淨的環境，怎麼都無法用過去的論證來說明為什麼傷寒會在這種地方引發感染。所以，他開始懷疑不久前被僱傭的廚師瑪莉，並史上初次推測到她是無症狀帶原者。在確定過她曾服務的家庭中也發現了多例傷寒後，這個推測便成了事實。

實際上瑪莉就是傷寒的無症狀帶原者，她的糞便裡帶著大量的傷寒桿菌。喬治醫生火速確定了這個推測，並將瑪莉隔離起來，以阻止更大的傷害，並在學術界中報告自己的發現。所以在當時，他找上瑪莉的時候，以瑪莉當時的認知，她根本無法接受喬治的主張。她無法理解，她明明身體健康，只是在做著自己的本分，為什麼需要被隔離檢查。最終，吃了閉門羹的喬治只能動員公權力，將瑪莉「逮捕」起來。

那就是瑪莉不幸的開始。她被困在一個島上的醫院生活了三年之久。她被逮捕的過程一一被報導，媒體為了銷售量而發動了煽動性言論，給了她一些如「美國最危險的女人」、「人體傷寒桿菌」之類的外號。她的本名和照片被公開，用各種平底鍋上畫著骷髏頭的插圖醜化著她。瑪莉被迫發誓不再當廚師，囚禁三年後被放出來的時候，也沒有人願意幫助她，生計一片茫茫。最終，她不得不用假名再次從事廚師的行業，而五年後因為該家庭裡又發現傷寒的症狀，她再次被逮捕了。接下來的二十三年內，她都被囚禁在島上無法離開。

她到最後一個瞬間都無法承認自己就是帶原者。但以她當時的常識，她所擁有的一切處境就是那樣子的。但是就因為糞便裡有著傷寒桿菌，所以把人一輩子都囚禁在島上，這理由是完全無法成立的。在那之後發現的帶原者都沒有被送到島上。只有瑪莉一個人，孤獨的在那島上活到死去。

無症狀帶原者並不是不曾存在在人類史上，但是作為首個被發現的無症狀帶原者，她那完全被毀掉的人生給我們帶來了不少啟示。人們為了要克服籠統的恐懼而去怪罪特定的對象，甚至連社會都在給女性套上「惡女」之名。雖然現代醫學看似完美，但在一九〇〇年代，當時的醫學也算是「現代醫學」。現在的我們也是不完美的。這個世界上依舊存在著不合理的恐怖、指責和帶偏見的框架，怪罪別人也是易如反掌，因此我們更要記得那個沒有惡意，卻落得不幸下場的傷寒瑪莉悲劇。

一起來捐血

醫院裡輸血用的血液庫存不足。雖然這種情況很常發生，但今年以來更為嚴重。整體上來說血液庫存量推測將會持續下跌，而其他醫院也是差不多的情況。全國血液的安全庫存量是五天，但是上半年裡庫存量達到安全標準的日子沒有超過百分之二十。很多時候庫存量更是少於兩天，也就是說如果在兩天內，全國血庫沒有被補充的話，那沒有任何一個人可以接受輸血。

輸血其實就只是一線之差。特別是對於當事者來說，無法輸血就等於直接的危險。就算庫存不多也可以進行治療，但在血液供應徹底中斷的時候，患者就會面臨死亡的不安與恐懼。而在近期內，我們的血液庫存隨時就會見底。不久前，我們醫院的 A 型血液斷供了。我們祈禱著希望沒有需要 A 型血的患者們會來到。就在那時，有個被刀砍傷的患者被送來了。他用手努力壓著止不住出血的胸前，躺在了重症區裡。

雖然看起來不太像致命性的傷勢，但是我們也無法確定傷口有多深入。在進行檢查的時候，患者的情況有可能會惡化。所以我們問的第一個問題不是怎麼被刺傷的，而是他的血型。他回答說是 A 型血。因為有輸血的可能性，所以一開始就無法在我們的醫院接受治療。我向他說明情況之後，只能勸說他到別家醫院接受治療。一個剛被刀砍傷的人聽到這樣的話後，大概很無語。但是他和我，都是無可奈何的。最終，他的手依舊壓制在自己胸前，轉到了其他醫院。

就連這個過程，都是以患者為出發點的，這攸關著他的生死問題。對於患者來說，血液的有無就足以決定他的生或死。血液不足的話，我們將無法應對任何情況，包括胃腸道出血、意外事故造成的外傷或是各種血液疾病等突發問題。涉及範圍較大的急診手術也會很困難。對無法像平時一樣思考的患者來說明這件事，只會讓他們想到自己遭遇的不幸，任誰都會覺得茫然若失。但事實上，這是不論誰都可能會遇到的事情。

血液庫存量每年都在減少。不是因為對於捐血的意識變弱了，也不是因為逐漸失去興趣。事實上，我們國家人口與捐血者的比例在世界排名上靠前，但問題在於史無前例快速的老齡化。各種疾患隨著人口中老人的比例而增加，同時醫學的發展也讓積極治療與手術與日俱增。但同時，符合捐血條件的人口卻逐漸在減少。簡單來說，這其實只是單純的入不敷出。這是一個在未來也都很棘手的問題。考慮到人口結構的變遷以及血液庫存量，我們需要健康的人增加捐血量，才得以承擔醫藥方面的要求標準。

可惜的是，捐血的背後依舊伴隨著一般民眾許多的疑慮。我記得上高中的時候，有人為了鼓勵捐血而說到捐血有助於新陳代謝。以一名醫生的角度來說，要說出抽取人類體內的百分之十有什麼好處，說實話是蠻困難的。捐血是幫助人的方式，並不是有助於身體健康的。但因為血液中的百分之十五其實算是多餘的，就算捐了血，人類也可以完好如初，沒有任何症狀、後遺症。我們國家對於血液以及感染管理水平達到世界水平，所以輸血的過程中也無需擔心。可以確定的是，捐血本身是不會危害人體的。沒有一份報告結果顯示長期捐血會給人類產生負面影響。

許多科學家都在努力尋找著人類血液的替代品，但至今都失敗了。所有人類都會不停製造的血液，是一種無成本製造，最為安全輸血製劑，也將被普遍使用。而且，人類近乎無法理解程度的利他心理，讓他們從前至今都願意捐血，儘管捐血並不會直接給他們帶來什麼益處。而您，也同樣會有想幫助別人的心的。

你也會偶爾參加志願者活動之後，去思考著自己當天做的事情會如何給其他人帶來幫助。通過這種活動給予別人的幫助是無形的，所以有需要思考的空間，但是捐血是非常直觀的，根本不需要任何思考。你在捐血的那個位置上留下的就是其他人賴以生存的物質，而這些物質一定會在某天用於生命垂危、急需輸血的人身上。在這世界上有無窮無盡的方式去幫助別人，但是在那其中，只有捐血是只有人類可以做到，確確實實地留下救助物質的志願者活動。這個單純的交換是人與人之間鮮明的仁愛，是無可替代的。想要幫助人類的人可以考慮去捐血喔。利他精神的你，只要有血液就可以救助別人的生命了。

早上的下班路

我結束了急診室的工作後，終於在早上下班。近幾年來，我都不曾在早上以外的時間下班。對一般人來說充滿活力的上班時間，對我來說就是睏乏地結束工作的時間。下班回家的那條路總是充滿了極度的疲勞。每次聽到和我一樣結束急診室工作之後，在早上下班的同事們說起的故事，偶爾都會覺得這類的故事都像是英雄故事一樣：

「等左轉信號的時候不小心睡著，醒來後發現後面車子司機在敲我車窗」

「早上十點叫了代駕來，但結果睡著了沒聽到電話響」

「昨天回家的時候第一次清醒著經過堂嶺站欸」。

我也試過，有一次從安山的醫院搭公車回到首爾的家裡，睡醒的時候發現還身處在醫院門口。就在我睡著的時候，公車已經到了首爾後，再次回到了安山。

最近情況有了好轉，所以我經常開車上下班。但是疲勞感依然不減，下班後在車子裡的我總是朦朧又空虛。精神一片恍惚，像是馬上就能睡著，就算一點小事都會讓我煩躁不已，夜裡發生的種種事件也總會隱隱約約在腦海裡浮現，只想趕快回到家。這就是村上春樹說的精神和肉體都在沉沒般的疲勞嗎？這種時候，除了睡眠以外，百藥都無效。做什麼都不可能，一般的醒神劑也無法讓人打起精神。

所以我開始給人打電話。不管是給弟弟、朋友或是戀人，我都在路上給他們打電話。有時候和他們閒聊，有時候聊著前一晚發生的事，這種時候都會讓我覺得能清醒一些，或是得以解開我的一些心結。可是大部分的人在那個時候，總是在上班，有些正準備充滿活力地開始新的一天，也有些人還在睡夢中。明明太陽高高掛在天上，但唯獨我像個深夜裡吐露心聲的人一樣，我在不適宜的時間裡抱怨著「因痛哭泣著的人」、「遺屬的痛哭」或是「肌肉骨頭分離」這種瑣事。我馬上就發現了這種電話對於他人來說其實是讓人非常窘迫的。不管是世界上哪一種戀人，都會很難接受這種通話內容。

我開始本能地給我媽媽打電話。打過幾次電話後，媽媽就發現了賦予自己的新職責，那就是與睏得隨時就會睡著的兒子聊天，直到安全地把他送到家。雖然也不會和媽媽報告什麼時候上班，但媽媽在早上接電話的時候，都會以「昨晚值班了呢，趕快回去休息吧」這樣的方式開始我們的通話。然後我們就會分享著各種故事，度過早上的時間。媽媽會說她在舅舅家吃飯之類的故事，我會說從漢江裡挖到的屍體這一類的故事，但我們之間的通話還算滿愉快的。即使是聽了十多年，都快厭煩的意外事件，但媽媽都會像第一次聽到一樣認真聽著。

但是，在那個時間裡，其實不只是我覺得睏。媽媽也是得開始她新的一天，有時候還會被我的電話吵醒。那種時候的通話總是上文不接下文的，雞同鴨講。我基本上都是精神恍惚的狀態，媽媽也會忽然開始問我昨天做了什麼（很明顯的是值班），忽然講起別的事情，或是問了幾次我到哪了。雖然有時候很疲倦，也會聽起來有些不耐煩，媽媽總是在聽到我車子的停車提示音效之後，才會結束通話。有一次，我在值班隔天的電臺直播活動遲到，在那之後，媽媽會問了我的行程後不停地給我打提醒電話，直到我接了電話為止。

聽著媽媽的聲音下班的時候，車裡每天都很平靜。我在車裡什麼都可以說出來。私人的事情、家裡的事情、過去的會議、時事懸案等等，不管是什麼主題，都可以隨意自在地說出來。因為電話的另一端，是在這個世界上最關心我，會聆聽著我故事的人。媽媽總是安靜地回應著，有時候還會說起自己的故事。

我連就剛剛在急診室裡發生的事情也都會全盤說出來。一個故事最清楚生動的樣子，都會完整地傳達給媽媽。有時候我說著深夜裡失去配偶的一個丈夫的痛哭，我自己也會跟著流淚。那種時候，媽媽都會安靜地說道，「如果摯愛的人離開，本來就是留下來的人會比較痛苦」這樣的，對我來說是想不了那麼多的答覆。在那種瞬間，連外面的天氣都會變得非常生動。或許那樣的通話，就是世上最淒愴的通話之一吧。意識恍惚的兒子，還有為了讓兒子打起精神的媽媽與兒子間的通話。兒子每天早上都近乎把自己置身在危險中，而母親總是努力地伸手想要拯救自己的孩子。

隨著時間流逝而變老的我，會回憶著什麼瞬間活著呢？會是第一次拿到醫師執照的時候嗎？會是在書店裡拿起我自己的書的時候嗎？還是看見自己在電視裡出現的時候？雖然那些瞬間都很深刻，但是那些瞬間都會變得理所當然，然後慢慢變得模糊。但是在度過艱難的夜晚之後迎來的早晨空氣、讓我打睏乏精神的電話、媽媽努力想守護著我的聲音、馬上就被拋在腦後的閒聊，每天都在變化著，沒有一天重複的天氣、我曾沿路跑過的江邊和牆垣、無數的車輛、淅瀝的雨水，還有問著吃飯了嗎之後笑著的場面……那些鮮明的瞬間，我忘得了嗎？雖然我現在也在經歷著那一些瞬間，但是我知道，這些將永遠留在我的回憶裡，而我會思念著這些瞬間生活著。

內視鏡

我不曾經歷過內視鏡的檢查。不管胃部還是大腸，那些消化器官都從來沒有允許過內視鏡的進入。我也不曾嘗試過那個很常見的全身麻醉，連舒眠麻醉也沒有。我不曾在加護病房裡接受過治療，也不曾為了接受治療而來到急診室。考慮到在我的職場上這種事情發生的頻率，我像是一個畫匠，明明親手將房裡的四面牆都刷上了漆，自己卻可以做到一滴都沒沾上。寫完發現這個比喻有點奇怪，但反正就是這樣沒錯。

我不曾接受內視鏡檢查的原因，其實就是因為恐懼。那支粗粗的東西要從我嘴裡，或是肛門進入我身體，然後停留一陣子的事實讓我害怕。舒眠麻醉更不用說了。天啊，只要打了針就會失去意識，然後在自己無法控制的情況下，身體會變得鬆弛，無法隨心移動。之後居然還有人會來物理觀察我的內臟裡的黏膜，會忽然發現我或許患有的疾病，一邊想著：

「咦，那是什麼？」

然後將組織部分切片下來進行檢查，接下來還要說著類似……

「是癌症呢……」

「現在還無法確定，還需要觀察一陣子……」

這樣的話……

啊啊！越想就越覺得一切都太可怕了。說到這裡的時候，我那個每年都會接受內視鏡檢查的弟弟都會露出一臉「那種寒酸的人居然是我哥」的表情。說真的，他平時對我就這般嫌棄，但也可能因為我職業的關係，他的反應更大了。

在之前，我可以一直堅持不接受內視鏡檢查的最基本原因，其實是因為我的年齡還沒達到政府和學界中規定的推薦年齡。四十歲開始才可以算是胃癌檢查對象。在我的職場裡進行的醫護團隊健康檢查中，也只有三十五歲以上才包含了內視鏡檢查。我今年也一樣收到了健檢的通知，真是一個很煩的通知。可是如果沒有這個通知，被罰款的會是我的職場，而不是我。那其實就和我被罰款一樣，讓我都覺得不舒服。所以我今年也依舊去接受健檢了。

我一般都在值班結束之後，在早上直接過去接受健檢。原本就有低血壓的我，每次值班結束的時候，血壓幾乎都會下降到和我剛剛看完的患者差不多。頭昏腦脹的我，就只想趕快結束回家。我趕快測了體重和腰圍，做了尿檢、X光檢查、還有各種血液檢測，想說準備趕快回家。但，我忽然想到自己剛好三十五歲了。問了負責的職員我是否可以也做內視鏡檢查後，發現我當天就馬上可以接受檢查了。聽了之後，我來到了檢驗室，估計著結束了就能回家好好睡覺，真的太麻煩了吧。就在那瞬間，我看到了我主治醫師的名字，發現他與因胃癌去世的學校前輩外科醫生的名字不只是很像，根本就是一模一樣。

我到了檢驗室後，告知他們我要接受內視鏡檢查。大概是收到了指示，那裡的工作人員馬上著手替我處理了。在內視鏡檢驗室裡，預約好的檢查結束後，他們告訴我會在一小時內給我打電話。我回到了急診室，在值班休息床上躺下了。我也終於要踏入內視鏡檢查的世界了呢！裝有攝像頭，彷佛蛇一般移動的長管，在負責醫師的操縱下自由旋轉彎曲，在我用了一輩子的腸胃裡橫行霸道，在各個角落裡咀嚼、撕咬、品嘗、享受著……但是我想到了先前因為胃癌往生的前輩哥哥。還是進行內視鏡檢查好了，雖然那哥就是在接受內視鏡檢查的時候，當場被診斷出已是胃癌末期了。

負責替我進行內視鏡檢查的醫師看著還身穿急診室工作服的我，看起來有點驚慌失措，但也馬上把我帶到了位置上。檢驗用的床設置得任誰看大概都會覺得，如果沒有照內視鏡就不得離開此地的樣子。顯示器和內視鏡掛在床上方，簡單的黑色床墊上也擺放著數個工具，在躺下之後靠近嘴巴的地方還鋪著廚房用紙巾，嘴含塑膠器和橡皮筋。

那個嘴含塑膠器是一種非常有屈辱性的發明，讓人用盡全力也無法把上下顎合上，嘴巴更不能咬合任何東西。只要讓受檢者口裡含著這個塑膠器，檢驗師就不會物理上受到傷害。真是一個以檢驗師為中心的設計。而且顏色還是非常顯眼的綠色。不管是接受內視鏡檢查，還是洗胃，插管的人都必須經歷的塑膠器。我忽然意識到自己甚至一次都沒有戴過那東西，連開玩笑的時候都沒有真的含過。但我給其他人用了數千次。現在輪到我了，輪到我含著那個塑膠器，流下一整灘唾液了。

首先，護理師往我嘴裡噴了麻醉劑。因為太直接、太赤裸，我甚至覺得感受得到稍帶暴力的香蕉口味，是一種不會讓人想這樣吃到的水果呢。我在感受著麻醉劑味道的時候，塑膠器就這樣完美地被放入我嘴裡。現在開始，我的唾液就要統統往外流了！在這個文明的社會裡，在陌生人面前噴出唾液沫都很失禮，很羞愧歉。更何況，現在的我嘴裡已經溢滿了唾液，甚至像在隨心所欲從我嘴裡逃出來。

負責內視鏡檢驗的醫師很親切，還仔細地為我說明。

「會很想吐喔。」

答對囉。那根粗管進到我嘴裡，在那一瞬間除了承受之外，我什麼都做不了。喉嚨像灼傷般的痛。連睜著眼都像是某種噁心的動作，我只好開始把眼睛緊緊閉上忍受著，內心祈求著這時間趕快結束。我的身軀都在努力將內視鏡排出體外，彷彿在吶喊乞求著：「不要了。我不要做了。」

內視鏡首先進入到了十二指腸的部分。然後醫師一邊把內視鏡抽出來，一邊拍著照確認，而最終內視鏡也從我體內出來了。醫師提醒著內視鏡將會進入到十二指腸的部分，結果本來就不太舒服的胃更複雜地不舒服了。我不僅想吐，同時十二指腸的3D模型也在我腦海裡浮現，真的完全沒有幫助。我有種機械蛇在肚子裡蠕動的感覺。而實際上，我忍不了噁心的感覺，一直在乾嘔著，唾液也止不住在流。好痛苦。可是口腔內部還是被內視鏡堵著，不管有多噁心都無法舒緩。一邊抽取內視鏡，一邊在拍照的醫師忽然發出了聲音。

「咦？」

該來的還是來了呢。啊，難怪不舒服了那麼久。為什麼又那麼剛好負責的教授還和那哥同名。總之，這段時間真的活得很努力了。是時候寫抗病日記了呢。想著那些，內視鏡檢查就這樣結束了，結束得很快，快得我想說很久都會覺得不好意思。內視鏡從我身體裡抽出來後，他們請我把嘴裡的唾液都吐在面前的紙巾上。所以我就吐了出來，大概是可以裝滿一支小罐飲料的量吧。我像是把一支小罐飲料打開之後沒有喝，只是放入嘴裡漱口後重新倒進去一樣。唾液黏糊糊的，好丟臉。

之後，醫師說是有東西要給我看，所以把我請了過去。終於輪到那個場面了嗎？我的心臟怦怦地跳動著。我既然宣判了那麼多人的不幸，那我不幸的宣判也總得自己聽下去。這就是因果報應嗎？醫師在電腦上翻找著，然後找到了照片讓我看。

「逆流性食道炎很嚴重喔。」

這一句話比「結果正常」聽起來也太過於正常了吧。一般來說，我們國家百分之五十的人都有逆流性食道炎，多數都是暴飲暴食、喝大量的酒、攝取咖啡因、壓力大、熬夜或者吃飽後馬上睡覺的人。如果我連逆流性食道炎都沒有的話，那就是在違背自然法則了。我開口問了。

「沒有別的嗎？」

「沒有啊。」

我克制著自己想要問他為什麼檢驗途中會發出一聲「咦」的衝動。我在急診室裡治療、說明或是看照片時，不管在做什麼，即使有非常瑣碎的突發狀況，也會發出「咦？」的聲音，然後接著說「沒事」。啊，都是大家的習慣。

我最後拿了一個月量的食道炎藥物回家了。就這樣，我踏入了內視鏡的世界。為了炫耀，我在下班的路上打了電話給我弟弟，或許是在忙，他沒有接電話。所以我又給他傳了信息。過了一會兒，弟弟傳來了「真的……很棒呢……」這樣的回覆。雖然語氣看起來很乾燥，但內容裡明擺著稱讚呢。果然被弟弟認證的時候心情最好了。弟弟，你有個連內視鏡檢查都敢做的勇敢機智哥哥喔。自豪吧！

醫護人員的失誤

那是在韓國展開國際急診醫學會的期間。主演講場地中，主講人正在以「醫護人員的失誤與提高準確性」為主題進行演講。醫療現場中總是會有很多選擇的分岔路，而在這些分岔路口上做出抉擇的都是人，所以失誤是必然的。所幸的是，大多數的錯誤都只是小小的危害，但不幸的有時候還是會有造成不可挽回後果的情形。

如果回頭看，這些失誤都是無法避免的，有時候看起來就像是神的旨意，人類都無能為力。努力做到最好的醫護人員們都盡全力在收拾著殘局。即使是這樣，親自做出抉擇的人，總可以去預測相反的「萬一」中會發生的事。這也可能是會讓生命變成死亡的一個單純不可逆反應。在無數人受折磨的急診室裡，此時此刻或許也還在發生著這種事。

所以，急診醫學會裡有特別多關於人類失誤的演講。這也是醫療團隊的進修教育中最常見的內容。我在前幾天聽過了主題相近的演講，今天也有來自英國的醫師站在了講臺上。說實話，我並沒有抱著太大的期待。

最後，這個演講的開始是整個學會中最具衝擊性的。我坐在離她不遠的位置上，看著她走上演講臺，她的神情不像其他講者一樣緊張或是僵硬，但是悲傷的。帶著悲傷開始發表學會演講的人非常罕見呢。她在屏幕上顯示出了一個白色畫面，上面寫著「人類的失誤」，然後忽然對大家開口說了第一句話。

「請現在正在聆聽我演講的人都站起來。」

聽眾們神色略帶詫異，然後四處傳來了推動椅子的聲音，大家都從座位上站了起來。

「現在開始，我會講到有關醫護人員的失誤。那首先，我想請到現在為止，覺得自己一次都沒在急診室裡犯過失誤的人坐下。」

聽眾們都是來自世界各地的急診科醫師。沒有一個人從未犯過失誤。大家都依然站著，而演講者也安靜著，就那樣看著站著的我們。

「應該沒有吧。那，現在請那些覺得自己的失誤沒有給患者帶來什麼關鍵危害的人坐下。」

我們無法避免地，至少有一次是造成失誤的當事人。現場的醫師們經歷了很多，有幾位甚至曾在海外擔任急診學會會長。這些人中的大部分也都還是站著。他們是最清楚那些失誤的人，所以不可能不知道那些失誤帶來的關鍵危害。

「幾乎沒人坐下呢。那最後一個問題來了。想必大家一定都會記得當時那個造成關鍵性危害的事件吧，也會記得當時的危害是什麼。那我想請那些把事件全數忘掉，而如今覺得沒有罪惡感，很自由的人坐下。」

我沒有坐下的想法。對我來說，我不可能做到把那些事件都忘掉。反而那種事件太多了，多得我都無法選出一個具體的場面。附近有幾位躊躇著坐下了。比起自由，他們看起來更像是為了以後會見到的患者們而選擇忘記那些事件。畢竟那些事件在腦海中浮起的時候，要繼續平凡地活下去是不可能的。

她出神地看著大部分都選擇坐下的聽眾們。

「非常多人坐下了呢。」

她最終用了她最悲傷的樣子說話了。

「我還站著呢。我會這樣，直到我的演講結束的時候，都站著和大家說話的。現在請大家坐下吧。」

我已經不記得在那之後的內容細節了。我只記得她的演講中訴說著什麼樣的感覺。她從遠處所帶來的如此生動的悲傷，以及她不得不向各位同行們訴說的事實。

青少年和事後避孕藥

急診室裡冷冷清清的那天，我們接待了一個看起來很不安的女性患者。她被登記在急診檢傷分類級別最低的名單上，也就是說她是一名非緊急患者。大部分非緊急患者到急診室的原因都是因為蕁麻疹而來接受治療，或是領藥。事實上，忙碌的急診室裡，非緊急患者甚至會有可能引發急診室醫師們發牢騷。因為這些患者們沒有不舒服，也沒受傷，不會稍微遲一點就情況惡化，或是痛症加劇，更沒有生命危險。我趕快出來見了這個患者，而她只要求了事後避孕藥。所謂的監護人，看起來是她的男朋友。

患者如果只是過來要求事後避孕藥處方，對於醫師來說其實是非常簡單的患者。簡單的文件記錄，確認拿藥紀錄與之前藥物的副作用情況，再給處方並簡單地通知注意事項就可以了。雖然只是非緊急患者，但是他們在週末或是夜間來到急診室裡的理由，都是因為急切之心。如果有需要的話，隨時都可以到臨近的急診室就可以了，不需要猶豫太多。

我和往常一樣要配藥的時候，在電腦上發現了一個事實，這名患者在法律上還是個未成年。法律規定未成年需要成人的陪伴，所以她和男朋友一起過來的。患者是高中的高年級學生，男朋友看起來像是剛成年的樣子。兩人很明顯的還不是法律上的夫妻關係。兩人都看起來很焦躁不安，但還是準確地傳達了自己的要求事項。

來到急診室裡的未成年大致上都是父母陪伴而來的。但有時候，未成年會與沒有血緣關係的監護人，或是自己來到。這種時候，我們通常會聯絡其父母告知詳情，徵得同意進行檢驗和治療之後，才會開始為患者處理傷病。這是必然的原則。但患者很明顯不想要讓父母知道。只要一聽到我們的流程標準，就會露出明顯驚慌的樣子。

要就這樣給她配藥嗎？還是拒絕她，請她回去？在醫生之中也會有意見分歧。大部分醫生都會比較現實，如果不願意通知父母的話，就不會給處方。通知法定代理人一直都是原則，如果不那麼做的話，偶爾發生藥物副作用的情況下會很麻煩。更重要的是，比起需要拒絕現在就在我面前的患者，我更害怕的是日後知道事實的父母找上門來怪罪我們隨意給孩子治療、配藥。說實話，作為醫生，自己的心裡想要好過的話，其實就可以告知她需要取得她父母的同意，請她回去就好了。

但是也有些醫生會斟酌情況，給患者配藥。他們會在簡略地瞭解了患者的情況後，為患者說明藥物副作用以及服用方式，然後配藥給她們。但這個方式並不是在每個情況下適用。只是患者是青少年本身，而不是他們的父母。他們也不是犯了罪，也不是患上對生命有威脅的疾病。青少年也有對性方面的決定權，也不需要為在自己的判斷下發生關係後需要配藥而感到羞愧。反觀來說，通知父母或許也可以算上是在侵犯患者隱私。最終，這些患者還是得帶著不安另尋醫院，直到他們得到配藥。

醫生在這些面臨危機的青少年面前，站在一個可以做決定的成年人立場。這個社會只會壓迫著他們，甚至也沒有好好教育他們避孕措施。反倒是這些鼓起勇氣來到大學附設醫院的青少年們，他們都瞭解自己的行為會帶來什麼結果。但是，如果每個成年人都決定背棄他們，那他們真的該何去何從呢？

青少年時期的我也很不完整。我會想逃離，想反抗。但我也同時會擔心自己的行為而受到很大的處罰，或因此無法得到社會的認可。這種時候，我周圍的世界和大人們都會對我很寬容，有時候到了讓我吃驚的程度。那幾次的寬容讓我成功度過危機，直到我成年。我經常想，如果沒有他們的這種寬容，我的人生大概永遠就會一去不返。在不完美的時期裡，數次被理解，最終克服危機而成長。雖然現在已經想不起理解我的那些大人是誰了，但我很幸運地通過了那個迂迴曲折，成了這個社會裡的一個成年人。成為一個不會留下深刻印象的寬容大人，大概也是一件值得考慮的事。

空心核桃

國際急診醫學會在韓國展開了。除了值班時間，我在那四天裡一直都在會場裡打雜，也聽了各國醫師們的演講。天啊，可惡，怎麼會都那麼有趣呢。所有的演講對我來說都很有意義，沒有任何可以錯過的。果然不需要自己動手，只需要聆聽其他人的研究結果和發表是那麼有趣的。

我在那其中有一個特別期待的演講。我早早就從龐大的日程表上找到，把時間標注下來。那個演講的主題是普通的「溫熱疾患」，而演講者還是來自阿拉伯聯合大公國的阿布達比。阿聯酋和熱傷害……我在二〇一八年面對了韓國酷暑的現狀之後公諸於世，甚至獲得了「熱傷害烈士」等意想不到的別稱。雖然想起來有點難為情，但無論如何因為這帶有公益成分，所以我也正在給各個媒體投稿，以提前應對今年或許會再次出現的災難程度的酷暑。正好這個時候，還可以聽到來自真正「熱傷害之地」阿布達比，在那裡診療中暑的醫師討論這個相關的主題。

這次的演講在閉幕式前的最後一節。演講場地規模很小，只能容下不過四十人，但卻座無虛席。我滿懷期待地等待著，同時也聽著同一個環節裡的前一個演講者。

某個演講中，來自加拿大的醫師說著：

「我們國家因為太冷了，所以不小心掉進河裡淹死的人也都被凍得硬梆梆的。這就是我們醫院前面的那條河。（展示了河結冰的照片）這樣導致的低體溫偶爾會幫助保護神經系統的損傷……」

接下來的美國醫生也在他的演講中提到：

「海嘯、地震、颱風、乾旱等全球自然災害已經導致大概有六千五百三十萬的人口必須強制移居，造成了大概十萬億美元的經濟損失，也重新塑造了世界醫學市場……」

而我期待已久的「來自熱傷害之地的烈士」作為國際急診醫學會的最後一名演講

者，終於站上了演講臺。

我一直都很好奇，在一個有著史上極度炎熱氣候持續的國家，在達到某種程度的經濟和醫學發展之際，是如何應對中暑問題的。我想親自瞭解那些歷史和紀錄、熱傷害的病例和統計、目前在一線位置上與熱傷害抗爭的醫師們有什麼見解與災難應對方案，也想看看他們的專業診療設施。我覺得，這些資訊都可以讓我們國家在一線位置上參考使用，或是通過媒體向大眾宣導。一個親自從阿布達比飛過來，負責熱傷害相關演講的人，大概都會準備這種程度的演講吧。那我絕對不能錯過。

但是，站在演講臺上的他，卻與我期待的樣子有些不同。我原本預想的演講者會是阿拉伯裔，但是臺上站著的是典型的白種人。

「啊，在阿拉伯工作的醫師不一定要是阿拉伯裔的吧。」我這樣想著。

然後那個白種人醫師開始自我介紹。他的口音就是典型的美式英文，所以如果只聽他說話，就完全是個美國人的樣子。我再次思考著，在中東對抗熱傷害的醫師就算從美國來，也沒關係吧。只要用心替患者看診，結構性地瞭解實際情況，好好演講，其實都沒關係。

演講開始已經有二十多分鐘了。他一一說明著熱傷害的定義、診斷和治療方法等等。他羅列了一系列需要注意的事情，包括兒童、老人和飲酒者都是高危群體，需要注意幫助他們預防中暑、在患者中暑的時候需要馬上替他們降下體溫、要注意觀察患者以防他們在後期失去意識、要避免過度降溫而出現的低體溫問題等等。這都是一些基本的理論。然後演講就這樣結束了。完。他的演講內容都是我已經知道的資料，基本上都是教科書上任誰都可以學到的內容。事實上，我也沒想過、或是期待他會在集滿約四十人的演講中，提出什麼有關熱傷害的新範式。但是，他漏掉了。他漏掉了阿布達比因中暑受難的事實，與治療技巧、保健醫療觀點的連接。他沒有講述任何關於那一場對抗中暑的戰役就結束了演講，甚至連一張在這種國際醫學會上普遍的實際情況照片、病例都沒有。

現場一片寂靜。那是一個過於無可挑剔的研究。那到底阿布達比的故事在哪裡呢？我最終忍不住，想要走到發言臺的位置上詢問有關阿布達比的熱傷害相關問題。在那一瞬間，大會主席拿起了麥克風，問了我想問的問題。

「您是在阿布達比診療的對吧？在你工作的那個地區裡，熱傷害的情況是怎麼樣的呢？」

那名美籍醫師如實回答道：

「說真的，因為我診療的患者都住在有冷氣的地方。只有在少數時候孩子們會出現一點脫水的情況。」

嗯，他不是個「來自熱傷害之地的烈士」呢。仔細想想，在阿聯酋被僱傭的美國急診科醫師，會診療來自印尼或是菲律賓的勞動員工們嗎？阿聯酋的身分、階層差別比其他國家都要清楚分明。他在那裡診療的都只是那些不需要在外面工作的，社會階層偏高的人們，最終在演講中只能談論這些基本理論。真正在與熱傷害對抗的烈士們，大概在那一個瞬間，也還在阿布達比孤軍奮戰中。

我在前往閉幕式的時候想著，到最終還是只剩下了矛盾。身處阿布達比的美國醫生通過自己的存在，顯示了熱傷害大大影響社會經濟層面，但矛盾的是，他自己也都沒見過當地極度嚴重的熱傷害病例，儘管他平時就在平均氣溫超過四十度的阿布達比急診室裡工作。我看到的，只是水面上的一隻鴨子。身處安全的人像是我們看到的月亮表面一樣，永遠的安全；而苦痛正像我們看不見的月球背面一樣，在看不見的地方持續發生著。這可以說是矛盾的真實證據吧？

「真是，很奇妙的演講呢。怎麼說，空心的核桃？真是一段奇妙的時間。」

這個想法在我的腦海裡，直到閉幕式都揮散不去。

急診室裡超凡的存在

我們急診室裡有一位超凡的存在，是那種不顧一切倫理規則或是指責，一直堅定自己腳步的聖人——那就是我們的清潔阿姨。說起她負責的工作，不論是患者的血液、膿液、嘔吐物、糞汙等等，弄髒了醫院的哪個角落，她都會打掃以及消毒乾淨，是一名非常值得感謝的人。急診室裡時時刻刻都有汙物四處飛濺，手術道具被丟棄，所以並不能在特定的時間裡優雅地清掃，而是連凌晨時分也時不時要用力地擦拭著。我敢擔保，這裡的汙物絕對比一般的清掃現場糟糕太多。在醫院裡，每個人都有著可貴的角色，但是如果沒有清潔阿姨的話，肯定會一團糟。所以我一直都很敬仰長期從事這個行業的阿姨們。

清潔阿姨在醫院的體系中有著格外崇高的地位。首先，在這個行業中經驗豐富的人大部分都是中年偏老年的女性。在我們的社會裡，近乎老年女性的地位，往往和同年齡層的男性不同。如果後者大聲斥責人，通常都會皺眉或是看起來很凶狠；但是換作是前者，雖然可能會讓人覺得是在多管閒事，但通常都會收到善意的關注，或被視為是出於溫暖心意的行動。而身為醫院的內部人員，她們肯定是站在我們這一邊，但她們怎麼也不會算是醫護人員。儘管她們的工作需要著手處理醫護用品，但她與醫學科卻還是毫無關聯的。也就是說，醫護人員們需要遵守的那些生硬規範，對她們來說成了例外。這是一個很奇妙的位置，也或許是一個超凡的位置吧。

當然，這也不是說清潔阿姨會做出什麼出格的事情。譬如說某天，有個醉漢來到了急診室，來到的時候已經醉得雙眼都失去了焦距。他到後來就開始耍酒瘋，參雜著非敬語，無禮地對待著我們的醫護人員。醫護人員畢竟也是人，也開始被影響心情、受傷。但若是一個人已經決定要傷害其他人，他的行動只會越來越過分，而且故意重複著一些令人討厭的行動。一直在發酒瘋鬧事，大喊大叫的醉漢最終在患者們都會經過的走廊前嘔吐。剛剛還在他身子裡抓住他的精神和人格的嘔吐物，現在就在急診室走廊前以放射線的形狀散開。等待進行 X 光檢驗的孩子捂住鼻子，因失去父母而絕望的孩子跪在地上錯愕看著那一灘嘔吐物。喝醉的人也算是患者，他的嘔吐物也是他症狀之一，但是，他的嘔吐物之中的所有下酒菜散發著半天以來急速發酵的味道，不得不說這真的是非常擾民的行為。而這時候，清潔阿姨氣宇軒昂地拖著一支大拖把登場。她一邊拖著地，一邊用大家都聽清楚的音量說著話。

「喝醉的話就安安靜靜在房裡睡覺啊！居然在有孩子、有病人的醫院裡，在大家面前嘔吐！唉呀，看看這個鬼樣子……下酒菜那麼豐富多彩齁！這些撿起來都夠你自己開店了欸！」

這大概是大家都想說的話，但同時也是我們絕對無法說出來的話。然而，對阿姨適用的並不是醫護人員的倫理，而是身為清潔勞動者的倫理。在灑滿地的嘔吐物前面，親自動手打掃的人要說出「感謝您給我工作添加了麻煩喔」這樣的話違背了我們社會的直接常識。但至少清潔阿姨得到了堂堂正正抗辯的權利。而且，如果醉漢還想著要反抗的話，他大概還會先碰壁，一道在傳統觀念中違背「母親」時候產生的倫理排斥感之壁。如果不是真的不孝的話，是真的很難真正去反抗一個比自己年紀大的女性。

因此，阿姨的指責算是在代替我們實現宣洩，也讓眾多急診室醫護人員羨慕。她是我們心中像神一般的讀心術師、代言人。現在，急診室裡漸漸開始充滿著對她敬仰的視線。

隨著氣氛的轉變，阿姨現在大概也發現自己成了大家的代言人。說實在的，她看起來似乎也在享受著這種在超凡位置上的感覺。有人會想替我們說話，這種時候的我們總是會悄悄地看眼色，祈求著：

阿姨會痛快地說出來嗎？拜託趕快把那個人罵醒吧。

但是怎麼說，阿姨也是長期在有患者的地方工作，絕對不會不分青紅皂白喝斥別人。只是那天，像是聽到了醉漢整晚的惡言惡語，大家都覺得被傷害了，臨界值都達到了頂點，阿姨就這樣難得爆發了。

「哎喲，喝了那麼貴的酒嘴巴就該好好說話啊！臭小子居然在這裡罵人！還好意思過來罵人欸！還一直在罵髒話……哎喲耳朵都快聾了啦。不要再對我們這裡珍貴的醫生們講廢話了，趕快擦擦腳回家睡覺啦！」

忽然被罵的醉漢在那一瞬間有點驚慌。來到這裡發脾氣的人，通常都是來嚇唬一些無法反抗、穿著白袍的庸醫，或是看起來好欺負的護理師們，並不是來折騰這些拿著清潔工具的阿姨們的。我們不管在何處發脾氣的時候都是那樣的。我們都會先選好位置站穩腳步。那個醉漢對著凶神惡煞的保安人員，或是穿著正裝的職員們，都會毫無顧忌發火，但是再怎麼眼睛失去焦距的無賴，在阿姨的喝斥下都只能垂下尾巴。所以我們不得不承認阿姨就是唯一的超凡存在。她是為我們出聲的超人。啊，她很強大，在這裡特別特別地強大。

用皮膚守護的孩子

那是一個過了午夜時分的週末晚上。急診室裡人潮擁擠，我也在疲憊地工作著。忽然，一家人從警示燈閃爍著的救護車上下來。一個看似妻子的女人躺在擔架床上被推了下來，另一個看似丈夫的男人則抱著孩子跟在後面下了車。我就這樣和他們對視了。偏著頭躺著的妻子帶著一身的煙灰，身上僅剩內褲的丈夫則全身都黑乎乎的。他們馬上被移到了急救中心的正中間。像是整個火災現場也被移過來，隨之而來的還有撲鼻的燒焦味。

我上前為他們進行診療。「你們剛剛從火災現場過來嗎？」

妻子回答道：「是我們家。我們家失火了。」

救援人員也補充道：「到了現場之後發現屋子幾乎都被完全燒毀了。我們趕快破門而入，滅了一半的火，發現這一家人蹲在一個火勢還沒蔓延的角落。幸虧沒被火灼傷。」

首先沒被燒傷真的是太好了。接著我開始直接檢驗患者本人。妻子的頭髮看起來有點燻黑，但沒有直接灼傷。丈夫也是，雖然黑灰覆蓋著袒露的上半身和急忙中圍起來的毛毯下露出的下半身，但看起來也沒有直接被灼傷。他的臉彷彿被人潑了顏料一樣被燻得黑乎乎的，但目光卻炯炯有神，看起來酷似黑人。他裸著上身，緊緊地抱著他的孩子，像是害怕會有人來搶走。而與此同時，看起來一歲左右的孩子身上卻完全沒有沾上黑乎乎的煙灰，沒有不舒服，看起來很健康的樣子。我再次問道。

「有哪裡會痛嗎？會不舒服嗎？」

妻子開口回答道：「沒有。現在沒事。」

用聽診器聽診的時候，呼吸聲聽起來也不錯，口腔內部也是乾淨的。我當下放下心來，患者們並沒有受很嚴重的傷。不久後，他們戴上了高濃度氧氣面罩，躺在急診室的某個角落裡接受著治療。

如果沒有在現場直接燒傷的話，治療就只會是簡單地使用高濃度氧氣幫助患者將一氧化碳排出來，以防呼吸道損傷。患者一家人的意識狀態很清楚，所以中毒現象並不嚴重。確認了血液中的一氧化碳數值，照了X光片後，讓患者狀況穩定就可以了。我的作用就只是安排他們後續需要進行的檢驗與治療。我開出了處方後，很快就接到了醫護人員的通報：

「原本要替他們抽血，但他們說完全不要讓孩子接受檢驗或治療。」

我再次走向了那一家人。即使到現在，燒焦的味道仍然縈繞在他們四周，院務科同事也已經在確認他們是否有什麼金錢上的困難。

「說是註銷保險了嗎？」

「沒有。原本就沒有保險，而且錢包都被燒毀了，所以一分錢都沒有。」

我開口問了還是抱著孩子的丈夫：「確定沒有哪裡不舒服嗎？」

他沒有回答，只是靜靜看著我。

「有沒有哪裡不舒服？」

後面躺著的妻子開口了。「他不會說韓文。」

我看著丈夫黑乎乎中帶著決然的臉，表情絲毫沒有動搖。我這次用中文問道。

「有哪裡不舒服嗎？」

「沒事。」

「雖然孩子看起來沒事，但為什麼不要接受檢驗或治療？」

「不用了，不需要了。沒事的。」他揮著手拒絕著。

孩子的確看起來無恙。他拒絕檢驗治療的原因有可能是因為經濟問題，也有可能是因為不想讓孩子挨針。我決定就這樣理解他們好了。抱著孩子的男人和被煙燻黑的女人就這樣，靜靜地戴著氧氣罩在角落裡躺了一段時間。

他們的檢查結果大部分都顯示正常。雖然丈夫的一氧化碳數值偏高，但並不嚴重，也不會有什麼後遺症。剛確認了結果後，患者的床邊傳來了詢問回答的聲音。我走向患者，打算告訴他們檢查結果以及之後的治療方向。三個身穿便衣的男人正在和妻子對話。

「插座著火了。」

「插座上插著什麼呢?」

「手機充電器和冰箱,火苗應該是從那裡開始的。」

我問了他們是誰之後,得知他們是來調查火災案件的警察。也是,這件凌晨發生的火災案件原委也需要客觀地記錄。

我向妻子說明了檢查結果。「檢查結果沒有什麼問題。只要再維持一下氧氣治療,情況穩定下來,應該就可以出院了。」

「那我們要馬上出院。我們不要在這裡待太久。」

「你可以慢慢來沒關係。但,你們有地方去嗎?」

「你們今天沒辦法回家了。我們剛剛去確認過,受害者們被救了出來後,房子就被燒毀了。需要時間去整理。」

「那樣嗎……那我們也不要留在這裡。我們要走了。」

「你們是要去哪裡啊?」

「去哪裡都可以啦。反正我們要走了。」

他們在警方調查結束後馬上就要求出院了，連需要充分地穩定下來的勸告都忽視了。既然看來也沒什麼大問題，我也無可奈何的下了讓他們出院的指示。在我要轉身離開的時候，丈夫忽然用中文和我開口了。他指著自己還是緊抱著孩子的赤裸上身，說道：「請給我一件可以穿出去的衣服。」

他雖然急匆匆地光著身子來到這裡，卻無法以同樣的方式走到外面。他家裡連一件衣服都不剩，連手中都是一分錢都沒有。我忽然對他產生了憐憫。「不介意的話我們可以給你病患服。請穿上再走吧。」

我拿了衣服給他，而他也馬上穿上了。我看著他的樣子，忽然有些詫異。雖然今天急診室裡的人絡繹不絕，但也沒有人會只穿著內褲過來。春天的凌晨還是有些清涼的。而且，即使是身處火場，總也不至於光著上身。那他是原本在家裡就這樣著裝嗎？

我好奇地用中文問了他：「是來不及穿衣服嗎？」

他沒有回答，只用了他那炯炯有神的雙眼看著自己懷中的孩子。他穿上衣服的時候還是沒有把孩子放下，黑乎乎的臉，炯炯有神的目光。我在一片沉默中忽然想像起了某個畫面，頓時感到害怕。

狹窄的屋子裡，充電器和手機開始噴出來的火苗，逐漸變成一片大火。這個時候也沒辦法打電話求助，也不知道救援什麼時候能來。就那樣，全家人得蜷縮在一個火苗勉強燒不到的角落裡，看著火焰逐漸逼近。而他在保護著自己唯一的孩子，他會想到，現在穿著的衣服，如果不小心著火了，火勢就會包圍著我。那我現在抱著的、守護著的孩子也會遭殃。那不行，就算我的皮膚燒傷也好，那也不行……完蛋。他為了保護自己的孩子，在火焰吞沒家裡唯一出口的時候，選擇先脫掉了自己的衣服。在角落裡等待著死亡的同時，勉強用自己的身體守護著孩子。拒絕檢查和治療不是因為金錢問題，也不是因為害怕針頭，大概只不過是因為清楚瞭解自己的孩子已經安全守護好，所以無法忍受任何人對孩子動手。在那一瞬間，他被燻得特別黑的背部和完全沒有沾上任何煙灰、在笑嘻嘻的孩子，形成了非常明顯的對比。他，用自己的皮膚來守護家人。

我楞住了。在那期間，他們一家人已經做好了離開急診室的準備，正在慢慢地走出去。顯得特別白的病患服上印著醫院的名字，襯托著他黑乎乎的臉和他懷裡的孩子。他們一家人看起來和來的模樣沒差別，而唯一有變化的，是男人身上的衣服。我只是確認了他們無恙，給了一件衣服，這樣就算結束了所有的治療嗎？我可以就那樣放心嗎？

我無法知道他們今後要去哪裡。我知道的只有他們失去了金錢方面的所有。今後他們將會赤身融入街上的無數人生。但是那個安全健康的孩子，那個一點煙灰都沒有沾上，笑嘻嘻的孩子還在他們的懷裡，彷彿孩子就是他們活到現在的支撐。他們看起來就和進來的時候一樣，堂堂正正，毫髮無損。那場火災對於他們，彷彿就只是一段插曲，而他們什麼都不曾失去。

謊言一般的事實

老爺爺忽然在路上暈倒了。剛好在他身旁的路人見狀後，馬上打了求助電話，而急救團隊也及時趕到。老爺爺雖然失去了意識，但幸虧呼吸和脈搏還在。他喘著氣，也勉強對疼痛刺激作出了反應。典型的突發性腦中風的樣子。老爺爺被送到急診室，醫護人員就已經收到通知。在接受了簡單的檢查後，他馬上就被送到影像醫學部去進行電腦斷層掃描（CT）。我也為了及時可以確認結果而跟了過去。通過電腦螢幕可以確實看到蜘蛛網膜下腔有一大片出血狀況。如果不馬上治療的話，大概會死亡。

他是獨自在街上的時候暈倒的。我們需要監護人在場才能做出任何決定，但是醫院沒有其他方法確認患者的身分。我們只能翻找患者口袋裡的錢包和手機。幸虧患者的身分證在錢包裡，院務科也成功從電腦紀錄中找到他的年齡和身分證號碼。太好了，不是無名氏。那現在就要用患者的手機來聯絡監護人了。雖然說知道了身分，但不一定會知道監護人的聯絡方式，所以如果手機摔壞了，或是鎖上了，那就會很困擾。在這種患者失去意識的情況下，我們也很常用患者的手指解開手機鎖屏。但也幸虧，這名患者的手機沒有被鎖上。

就算解開了手機，但上面可能也什麼都沒有。譬如說最後一次的通話是在一個月前，我們打了過去之後才發現是房屋仲介。但是這次也是很幸運，通話紀錄裡有一位看起來是他妻子的聯絡方式，而且最後一次通話就在幾個小時前。一個好端端的人就這樣忽然躺在我的面前，這種事實偶爾還是會讓我覺得驚怕。我撥打了患者妻子的電話。一般來說，如果不是緊急的話，都會是院務科同事負責打電話，但是如果是重症病患，主治醫生需要親自打電話好好說明情況。

一個老年女性接通了電話，電話那頭聽起來有點嘈雜。我單刀直入，直接說了重點。

「請問您和朴俊尚先生是什麼關係呢？」

「我是他妻子啊。」她的聲音聽起來有點驚慌。

「我是某某大學附設醫院的急診科醫師。您的丈夫忽然在街上暈倒了。腦部嚴重出血，現在失去了意識，極有可能會死亡。我們必須給他動腦部手術，所以需要他監護人的同意。您得馬上趕過來。」

我自己說著的這些話，有時候我也覺得很像詐騙電話。因為說的話太突然，也太難相信，所以會讓人很困惑。但是這是非信不可的。說實話，我有時候更加希望我說的這些話，做的這些事都是像詐騙電話一樣的謊言。但是她的丈夫確確實實就躺在我面前，不管是誰都需要傳達這個殘酷的真相。她或許是在某個聚會當中，身邊傳來了其他人的聲音。

「那個，很奇怪欸。該不會是詐騙電話吧？」

「對啊，你趕快掛掉，先給你老公打電話啦。」

我完全可以理解他們的心態。這些話，連我自己都希望是謊言。更何況電話裡還不分青紅皂白提了根本就無法確認的身分，還有一堆無法理解的內容。警戒心是無可避免的，她也當然不會相信我說的話。妻子聽了身邊人的話後，再次出聲了。

「那個……我可以先掛電話，之後再回撥給您嗎？」

「我知道這很難以置信。但是現在我沒有在跟您要銀行帳號還是什麼金額，我是在請您過來看看您的丈夫。不是到什麼隨便的地方，而是大學附設醫院的急診室。只是請您過來，不是在跟您要錢。而且重點是，我現在用的是您丈夫的手機打電話給您的。這不是您丈夫手機號碼嗎？您的丈夫現在失去了意識，沒辦法接電話。您再次打來是我接的電話，這樣您會比較相信嗎？」

這些話聽起來很合理的原因，其實就是因為我說的話都是事實。電話另一頭的聲音從竊竊私語變成了困惑，連悲痛的氛圍都開始傳了過來。

「對欸，看來是真的。」

「他明明很健康啊……」

「快去吧，快去。」

妻子的聲音聽起來已完全被說服。

「請問是在哪裡呢？」

「在某某醫院。」

「我知道了。」

我掛了電話之後回到了患者床邊。雖然手術已經在準備中，但他的意識看起來正在惡化。

監護人抵達的時候，我一邊安心著，一邊卻覺得不太想見到她。畢竟現在就是要把剛剛那個殘忍的消息，更詳細地解釋給她聽。我從患者被送到的來龍去脈，到患者的狀態一一解說著，隨著我的解說，妻子臉上的絕望也變得更明顯。我就是這樣每天都給人傳遞著人生中的重大噩耗。在他們的面前，或者不在面前，就算是通過電話，我也執意把這個消息清楚傳遞給他們。我在患者被推到手術房之前，讓妻子見了見自己的丈夫。發現自己的丈夫什麼都再也聽不到，妻子的悲鳴在我的身後尖銳地響起。而那對我來說，是讓人絕望的熟悉。

記住你終將一死

我和平時一樣在喝酒。雖然已經吃了晚餐，但想要微醺還是有點早。忽然，我放置在生魚片店桌上的手機響起。是最近唯一一個不會有要事才打給我的，寫詩的A。他寫了他的第一本詩集《我永遠需要朋友》後，在某一次喝醉的時候，對我吐露了那是他忽然決定給我打電話之後寫的文字。我在生魚片店裡接了他的電話。A也是在這個算早的時間裡喝得醉醺醺了，大概是我認識他以來最醉的樣子了吧。

「在喝酒嗎？」

「嗯。在酒局上。」

「還有誰啊？」

「就幾個認識的人啊。」

「你對不久前在漆谷墜落的戰鬥機有什麼想法？」

很忽然的問題，語調也是又快又模糊不清，大概是真的喝了很多。但他平時也都是這樣，忽然打電話來問一堆天馬行空的問題，所以我也平靜地回答了。

「就是墜落的飛機啊。飛機本身就有墜落的風險，更何況是戰鬥機。」

我其實對這件事是沒有什麼想法的。但我瞬間想過，是不是應該提到二〇〇〇年代從美國引進的 F-15K 的問題點，當時惡劣的氣象狀況或因高度急遽上升而導致的意識模糊。

「好吧，看來是沒什麼想法。好吧，仁啊。但那臺飛機呢……」

「嗯，說吧。」

「但如果那臺飛機上的人，是我兩年來都在課堂上見到的學生呢？那怎麼樣呢？」

啊對了，A 是名空軍軍官。

「還有他留下來的配偶，是和你同一個辦公室的同事的話呢？那會怎麼樣呢？」

「天啊。」

「你聽過嗎？在收拾遺體的時候，因為不知道是一個還是兩個人，所以原封不動先帶回來才照 X 光確認。是那樣才發現原來那些是兩個人的遺體。照了 X 光發現有同樣骨頭，同樣的骨頭出現兩次，意味著是兩個不同的人。」

那個畫面很自然地就在我腦海裡浮現。替亂成一堆的遺體照了 X 光後，要選出骨頭的人們。直接超越痛苦，在一瞬間爆發的死亡。還有朋友的學生。這些就是 A 在這個時間喝醉的理由。

「對，那不是別人的故事。仁啊，你那裡有人吧？你周圍有人吧？對那些人來說，這已經不是別人的事了啊。現在至少是朋友的朋友的朋友的事情了。所以，請他們也幫忙祈禱吧。所以你們的下一杯酒，請敬我的朋友吧。請大家都來祈禱吧。告訴他們這個墜落的戰鬥機，請他們為故人祈福吧。因為是我的朋友，所以一定要那樣好嗎？這不是別人的事，知道了吧？你快做，我等等再打電話給你。」

Ａ掛掉了電話。聽完的我頓時食之無味。在場聽到我們對話的人都沉默了，像是有人看著我們一般，氣氛有很長一段時間都是沉默的。我們的酒局理所當然地獻給了不知名的他。Ａ或許喝得更醉了，他再也沒有打電話來。我腦海中浮現了Ａ悲痛著喝醉，結果失去意識在哪裡暈倒的畫面。我忽然想起了另一個寫詩的朋友Ｐ，他總是說死亡不知道什麼時候會到，所以會隨身帶著一瓶好酒。有一個晚上，他喝醉回來後，從包裡拿出了酒瓶和我分享，說那是臨死前要喝的。

「我從小就見過太多死亡了。所以如果明天就要死去的話，我需要一瓶今天可以喝的酒。一起喝吧。或許會死去呢，或許就是明天呢。」

他帶的酒特別烈，喝了特別暈眩。Memento Mori——記住你終將一死。深夜裡，我們要記住的死亡太多了。疲憊不已，我們的死亡也彷彿隨時就要到來。

不哭的患者

當時的我是個醫學院的實習生。穿著白袍到醫院裡上班，跟著醫護人員們的日子已經有一個月的時間了。雖然教室裡和醫院裡都共享著同樣的知識，但是兩個地方卻是完美隔絕開來的。教室裡的知識都是文字形態，而醫院裡的都是真正的患者。因為那樣的差異太大了，所以根本就無法把兩個地方都想成是以同樣的學問為基礎的一個空間。在安靜閱讀著文字的教室裡，疼痛只會偶爾因書頁割破手指而來，是一個單純又和平的知識共享場所。我們在那裡學習疾病如何給人帶來痛苦與死亡，也在那裡學習著疾病如何用不同的方式帶來同樣的痛苦與死亡。就那樣，我聽了無數堂課，通過了無數次的考試，而終於成了實習醫生。當時的我二十四歲。

在醫院上班就等於將那些文字記錄的內容實際套用在人身上。其實要把教室裡的文字內容用在患者身上是一件難以想像的事。在醫院裡，那些彷彿只會在紙上記錄的事情，都是真實發生的。醫護人員念出來的每一個字，會讓人打電話給家人哭泣、會讓人因難以置信而不停反問著，有時候也會讓人抓狂到抓住我們的領口。用文字記錄的診治病患因痛苦而呻吟著，最終因與死亡太接近，任何痛苦都無法讓他們再次呻吟。這些都發生在無色無味的白色高塔裡，在這個穿著白袍的人忙碌奔波的空間裡。

我當時還是一個沒有機會親眼目睹死亡的實習醫生。但我所屬的血液腫瘤內科裡的患者們，都在等待著死亡的到來。腫瘤科的患者們進行著化療的同時也在逐漸凋謝。我坐在血液內科門診室的角落裡，靜靜地觀看教授的診療。這是一個實習醫生的工作。

一個年紀大概三十歲，臉色蒼白的女性打開了門診室的門走了進來。長得一臉稚氣的她居然和我同齡。她坐在椅子上，然後向教授遞了一張紙。據說是因為腳踝一直腫起來，去了社區的醫院之後，那裡的醫生給了她這張紙，請她過來這裡。紙上有著疑似診斷病症，還附帶一張血液檢查結果。教授皺起了眉頭。一定不是好事。如果是好事的話，大概也不會請她到這裡來。社區醫院的醫生極可能和她說了「請到大醫院做更仔細的檢查吧」這樣的話，所以她的表情並沒有特別難看。

「我們來做更仔細的檢查吧。」教授馬上下了指示。追加檢查在無菌室裡進行，是一個要另外套上鞋套和頭罩，穿上一次性防護衣之後，還要經過潔淨室消毒才能進去的空間。她剛離開門診室準備入院手續的時候，教授對我說道：「她由你來負責主治。」

所以，在那名患者出院前的每一天我都要負責，早上報告她的情況，還有跟進她所有的手術。這是我們在醫院裡接受的教育過程。治療由醫護人員來決定，瞭解了治療方式之後，我只要親自為她看診，學習和報告相關的疾患，然後觀察治療結果就可以了。

她在接受了追加血液檢查之後辦理入院手續，然後在傍晚門診結束之後接受了骨髓穿刺檢查。如果要從人體中抽取骨髓，就必須利用針刺穿骨頭。雖然我們身體的大骨內都流淌著骨髓，但最容易抽取骨髓的部位其實是盆骨的位置。首先我們讓患者躺下，然後將粗針深深插入她臀部的位置。在針觸碰到骨頭的時候，我們就使力將針插入盆骨，戳出一個圓形小孔。這個時候患者們都會感受到骨頭碎裂的痛楚。注射器被接上並開始抽取液體的時候，注入注射器裡的紅色液體就是骨髓。這瞬間則是患者們最痛苦的時候，據說像是被人扯動神經一般的痛。到現在也是，我只要聽到有人說起抽取骨髓的時候，腦中都會浮現這個畫面。

她戴著口罩和手術帽默默地承受著痛楚。骨髓檢測分析預計在第二天進行。晚上巡房的時候她按指示安靜地躺著休息，但看起來一點都不像個患者，也完全沒有獲知悲劇後的症狀。這個白色的無菌室裡什麼都不能攜帶進入，顯得特別無聊，甚至有些鬱悶。這一大片白淨的空間大概還沒有給她帶來實感。

第二天我們對她的骨髓進行了切片分析。骨髓液被製成抹片，染色後用顯微鏡可以直接觀察骨髓細胞的模樣。診斷由醫學檢驗科進行，但若只通過觀察抹片作出診斷會有誤，所以我們會與相關的臨床科一起觀察抹片，並同時配合臨床影片一起作出診斷。雙方在交流意見之後達成協議，才獲得結論。一絲光線都無法照射進來的檢測室裡，數個顯微鏡被擺放在長長的桌上。在座的數人與檢驗科教授共用著顯微鏡看著同一個畫面，在安靜的房裡發表著各自的意見。我也坐在那房裡。明亮的畫面上浮現數個染上紫色的細胞。只看著那些細胞，我無法判斷是哪種疾病。但是檢驗科的教授很明確地表示：

「是骨髓增生不良症候群（Myelodysplastic syndrome，簡稱ＭＤＳ）。」

坐在我旁邊的主治醫師開了口：「與臨床反應一致，我們已經確認了。」就這樣毫無異議地結束了。畫面已經換到了下一張幻燈片。

我在教室裡見過的文字也在這個時候浮上我的腦海：「ＭＤＳ的患者們大約能活過兩年至兩年半的時間。」

我剛剛聽到了我的患者將在兩年內死亡的事實。昨天才初見的她，生命僅有三十二年的期限。在場的每個人也確確實實地聽到了這個事實，但麻木的醫療人員已經將關注轉到了下一個病人的細胞抹片上。

「這張抹片上的細胞……」

我在那一瞬間，怨恨著畫面上每一個染上紫色的細胞。這些細胞讓我覺得我們在謀殺著人。眼眶裡充斥著淚水讓我的視線變得模糊。腦海裡各種想法交織著，我只能呆呆地看著那些分界逐漸模糊的細胞們。數個不幸與判決後，診斷時間就結束了。

傍晚的簡報會議上，教授聽著結果的報告，臉上的表情像是再次聽到一個已知的消息。教授點了點頭後回頭囑咐我。「如果你晚上會去巡房的話，讓患者好好睡一覺吧。我明早會去和她說明的。」

簡報會議結束後，我到無菌室去看了那名患者。每個到了無菌室的醫療人員或是患者都需要經歷同樣的消毒過程。我將手消毒後，套上了一次性鞋套和手術帽，也穿上無菌手術服。接著我在封閉的潔淨室裡，接受了殺菌蒸氣的洗禮。我全身上下只露出了眼睛，她也穿著同樣的裝備，只露出雙眼安靜地看著窗外。在我踏入無菌室的時候，我們的兩雙眼對上了。

我問了她有沒有什麼不舒服，她回答說沒有。她用炯炯的眼神看著我。我清楚知道她餘下的時間，而她不知道。我想起了她經歷的過去和所剩無幾的未來兩年，而她沒有想起的必要。反正明天她就會知道自己剩下的時間，明天她就會因想起過去而哭泣。我最後哽咽著請她好好休息，然後猛地轉頭離開了無菌室，生怕她發現我哭紅的眼角。

第二天，教授向那名患者傳達了事實。她點了頭表示理解，聽懂，但她沒在我們面前哭。大概是還需要時間。我們馬上就向下一個病人走去，然後繼續著類似的會診。

下午又有一次的會議，而我們聚集在電腦面前聽著檢測報告。

輪到那名患者的時候，我忍不住問了主治醫師：「她還那麼年輕，那以後怎麼辦啊？」

周圍忽然一片沉默。

以仁慈著稱的主治醫師轉頭看著我，看了看我的表情之後開口。

「什麼怎麼辦，治啊。」

「不，我的意思是MDS的預後不好嘛。患者才三十歲，但卻只剩下兩年的生命……」

主治醫師像是聽著第一次發表的學術報告一樣呆呆地盯著我，說道：「怎麼了嗎？活著接受治療，然後再死掉啊。」

理所當然的一句話。他不是殘忍，也不是無法理解不幸。只是他身為醫生，這只不過是自然法則下發生的事，他也無法作出任何評論。我當下才醒悟，醫院就是一個不幸排成一列的地方，而我們人類只能看著這一切的不幸發生。這裡就是這樣的地方。我在那之後就從血液中央內科調走了。我不知道那名患者後來怎麼樣了。但時間過了很久，預想中的結局大概也發生了吧。

在那之後，我考到了醫師執照。在長達十年的醫生生涯裡，我親自確認了無數次死亡。在那期間，我曾在確認了抹片檢測或ＣＴ結果之後哭過幾次。經歷了那樣的歲月之後，我現在也成了在檢測室裡平靜地宣布著死亡的醫生。

身為一個頻繁目睹死亡的人，我很常被問道：「你見過無數次死亡，那請問你覺得生命的意義是什麼呢？」

人類的生命會毫無預警結束，像是在引導著我們，讓我們要珍惜每一天。我確認過無數次死亡，宣告了無數生命的結束，所以人們會問我生命的意義，期待著從我口中聽到類似的人生箴言。但我連我自己的人生、自己的生命都還沒走到那個階段，就算宣告了無數的死亡，但說實在的，我至今也還不知道生命的意義是什麼。如果學生問起類似的疑問，我不會像當時的教授作出一樣反應，但我的回答還是和一般醫院的氛圍符合，不會掩飾一般醫療人員的冷淡。我偶爾會對瀕臨死亡的人過於投入感情，讓我自己也很痛苦，但我無可奈何，只能告訴那個人只能這樣活下去。深思熟慮，淡然處世吧，那會是最好的。死亡是必然的，除了這句話，我無話可說。

沒有經歷這其中的人大概都無法瞭解。只有在與死亡共存的這個空間裡並不只有悲傷和激情。很多人會順從地接受死亡，有時候還連別人的份也要一起活下去。不然該怎麼辦呢？反正不管是誰本質上都無法對抗死亡。不管是宣告死亡還是被宣告死亡的人，最終都不會大吵大鬧，不然那些溢出來的悲傷會讓我們的世界陷入癱瘓。

死亡在我所處的空間裡自然地發生，不會給人帶來希望，亦不會使人絕望，更不能反映生命的意義。死亡降臨之前，過度擔憂死亡是一種奢侈。我是一名科學家，依據證據作出判斷，甚至以這行業為生，所以我只能這麼說。我依然對生命的意義一無所知，但死亡是必然的。

甲板

身為醫生，我常被問到幾個問題，其中之一是有沒有在醫院以外的地方給患者治病。大概每個醫生都想像過這種戲劇般的場景吧，自己偶然經過某個突發事件現場的時候得以完美地展現自己的專業。但既可惜又可喜的是，我並沒有遇過什麼事件可以滿足那種想像和期待。我只在醫院裡為患者診療，醫院外的突發情況都總會對我繞道而行。

雖說如此，那樣的情況就這樣在我不久前的旅行中讓我遇到了。旅行中結識的某十七歲男學生因大約一小時前開始的腹痛在哀嚎著。那天吃過晚餐後，他的胸腔部位傳來了痛楚。大概是今年內剛動了腹膜炎手術，他腹部還有著未完全癒合的術後傷疤。下腹傳來陣陣難忍的壓痛，他表情痛苦地在呻吟著。雖然還不至於斷定這是術後偶爾會出現的腸沾黏或腸閉塞的狀況，但看起來極大可能是那些問題的初期症狀。儘管如此，他的術後狀況還是偏樂觀；只是如果現在真的出現腸沾黏的問題，那他腹腔內可能會急劇脫水，就會需要及時進行輸液並持續觀察。腹痛的情況也要繼續觀察，惡化的話就可能要動手術了。

我那時候搭了船去旅行，事發當時就身處一艘從日本駛向韓國的船上。如果真的需要動手術，那就需要聯絡陸地派出的直升機支援。總之，患者情況惡化的話會很棘手。所以我先詢問了船上的工作人員是否可以使用船上醫務室裡的輸液工具。不久後，我和那名患者就一起被請到了船上的醫務室，也在那裡見到了當班的隨船醫師。

他是一名老年日本男醫師。我先向他介紹了自己的專業，然後說明了患者的狀態、我的診斷以及接下來該採取的行動。我提議讓患者先輸液，並每隔兩小時觀察患者腹痛的情況。他聽了我說的話，得到的資訊和我的差不多。而他親自進行檢查的時候，他的反應卻和我的不完全一致。他說，暫時還無法確定是腸沾黏，脫水情況暫時也看起來不太糟糕。他說，可以先讓患者服用止痛藥，讓患者在自己房裡休息觀察，並通過喝水慢慢補充水分。他在說完之後還徵求了我的意見。

我一開始並沒有那樣想，但我沒有在船上如此資源有限的環境裡診療的相關經驗，而他卻隨船已久。在陸地上的急診室裡，不給患者輸液，而僅僅是觀察他們的決定是非常罕見的。船上有限的資源是否要輕易動用，船上醫務室的規模不如正規醫院而帶來感染的風險，或是如果讓患者留在醫務室裡觀察也可能更會讓其他突發情況變得棘手；他在考慮過這一切之後作出了這樣的結論。雖然診斷都一樣，但是對應方式卻截然不同。我能理解為什麼他的選擇比我的更適合。我最後告訴他，決定權在於他，他的想法更適合，然後向患者解釋了當下的情況。

患者領了止痛藥後就回到房裡休息。雖然到剛剛為止我們的想法都有異，但最終達成協議的我們在收尾的時候，隨意聊起了船上的生活，還有兩國的醫療行為。而我感受到的是，沒有任何比身在現場之人的話更值得尊敬了，即使提出問題的人是同專業的專家。某些事情是在場更久、更長時間做這些事的人才能做決定的，而他們決定的結果終究會更好一些。

中暑

二〇一八年的夏天非常炎熱，大概是韓國史上最炎熱的一個夏天。實際上當時氣象臺觀測的氣溫也打破了歷年來的紀錄。就算到了涼爽的室內也還是會覺得很悶很熱，甚至感覺有些喘不過氣。幾乎全國人民都有種熱到睡不著的感覺。而從事醫療行業已很久的我在一片熱浪中還發現了另外驚人的事實，那就是因中暑而來到急診室的患者是肉眼可見的增加。那一個夏天裡的中暑患者幾乎等同二〇一八年前十年內的中暑患者總數。

人類身為有機生命體的同時，也是一種結合了質量、體積和比重的物理般存在。因此人類會受外部環境影響。如果外部的熱能減少，體溫會降低；但若是外部熱能增加，體溫就會上升。人若是變溫動物（冷血動物），就可以依據外部影響而自由調整自己的體溫。不過，人類都是恆溫動物。人體中的蛋白質、酶，還有其他各種身體機能都設計成了在特定溫度下才能發揮最大效率。越是高等的生物，在維持特定的溫度的時候，身體機能才最有效。

所以，人體會隨著外部環境調整體溫。覺得冷的時候，身體就會蜷縮，試圖減少熱能散發，或是通過顫抖產生熱能來維持體溫。相反的，覺得熱的時候，人體內的血管會擴張，血液循環會增加，然後通過皮膚表面散發熱能，或是毛孔會打開並排出汗水，通過汗水蒸發散熱。當外部溫度恰到好處，身體也得到充足水分的時候，這個機制就會在大腦下視丘的部分運作得很棒。這也是為什麼我們在烈日下進行戶外活動的時候需要持續補充水和鹽分。

然而，人體畢竟會有物理上的限制。當人體限定的體積內堆積了過多的能量，人最終將無法承受而到達臨界點。如果外面氣溫超過三十五℃，人體的熱能就無法被排出。這種時候連溼度也很高的話，汗水無法蒸發，散熱過程就會更加困難。像是二〇一八年夏天氣溫高達四十℃的情況下，如果不從外部降低體溫，人體內部的熱能持續堆積在體內最終導致體溫上升。特別是老年人或是小朋友，因為新陳代謝功能不太好，調節體溫對他們來說很困難，而他們對炎熱的感知也偏遲鈍，這讓他們的體溫，或是生命體的溫度易急劇上升，這就是各種熱傷害的開始。

熱傷害的種類包括了熱水腫、熱痙攣、熱疲勞和熱射病等。熱水腫是指身體部位因炎熱而出現的水腫症狀，而熱痙攣則會導致四肢不自主痙攣。這兩種症狀都不算嚴重，只要冷敷或是供給他們電解質、水分就會恢復。熱疲勞則是準中暑的狀態，初期症狀包括口渴、無力、暈眩、反胃嘔吐等。可以想像一下，在烈日下長時間進行戶外活動的時候忽然眼前一片昏眩、身體無力的時候。體溫很自然地會上升，但不會達到四十℃以上。如果無法及時提供充足的水和鹽分，或是人體內的熱量超過調節能力的範圍卻無法通過外部力量緩解，患者就會從熱疲勞變成中暑。

像前面提到的，人的所有器官要在特定的溫度內才能好好發揮功能，而人體器官中對熱能最為敏感的部位是腦部。腦部由蛋白質組成。腦部裡蛋白質的變化是無法逆轉的，像是鍋裡的煎蛋無法恢復到先前的模樣。人的體溫升到了四十二℃以上之後，腦部也會因為積累的熱能而變熱，而當腦組織經歷熱變之後，人就會中暑。

第一個可見症狀是意識方面，腦部經歷了熱變性之後，人類就無法保持意識清晰。就像電腦沒有電源就立即停止運作一般，人類在那種情況下也會馬上暈倒。如果身邊有人可以伸出援手，當事人可以及時得到適當的急救措施並移送醫院就可以得到治療。但是如果當事人獨自一人曝露在那種危險的情況下，經歷長時間的等待才得以被救助的話，熱能將會在他身體裡累積著。所以中暑患者在沒有人的街道上，或是獨自生活的房裡被發現的情況很常見。

二〇一八那年，我接待了很多中暑患者，數量甚是驚人。中暑雖是不分時段都會發生，但大部分患者都是從早上開始處在炎熱的環境，直到午後身體無法承受的時候被送來急診室。他們都是失去意識的重症患者。重症區裡滿滿的都是身體彷彿冒著熱煙的中暑患者。其中包括了撿廢紙途中在手推車旁暈倒的八十歲老奶奶、散步途中失去意識的五十歲智能障礙女性、在沒有風扇的房裡過夜而最終暈倒的六十歲外籍勞工，以及安靜地暈倒，直到其他人搖晃他時才發現他沒反應而將他緊急送醫的六十歲露宿者等。雖然其中繼續活下來出院的患者不少，但這其中也有人就此死亡，也有些遭受了永久的腦損傷。我們需要去找出這些人被送來醫院的原因才有辦法及時止損。

那年的酷熱在很大的程度上出乎我們意料之外。韓國氣象局史上紀錄的最高溫日子持續了一陣子，但我依然很難想像會有那麼多中暑患者被送來。事發突然讓我們很難充分地應對，所有人都不得不迎接這些意料之外蜂擁而至的患者。

就在看診的過程中，我們會發現中暑對於需要社會保護的群體更為苛刻。特別是經濟上有困難的人、高齡人士……等社會上的弱勢者更容易被曝露在中暑的危機中。稍微有能力的人都會避開烈日，節制進行戶外活動或是留在涼爽的室內。然而，對於這些人，只要他們休息一天就會面臨生計問題，他們別無選擇。對於老年人或是臥病在家的人，即使他們家裡有空調，也可能因為他們行動不便而無法開啟使用，讓他們一樣無法避開熱浪。幾乎都是弱勢族群的生命較易受到中暑的威脅。只要看到智力障礙者、撿廢紙的老年人、七八十歲的老人家、露宿者、外籍勞工、風扇、半地下等這樣的單詞，基本上就是在形容著這些無法為自己發聲，總是比別人先受苦的弱勢群體。每年在陽光猛烈照耀著的時候，他們在意識模糊的危機中，無法發出任何聲音，就這樣暈厥過去。

雖然二〇一九年情況沒有那麼糟糕，但如果我們國家再次經歷一次二〇一八年的酷暑狀態，就會和當時一樣，有那麼多的患者被送來急診室。全身發熱倒在路上而被送來的人，這些身上彷彿冒著熱氣的人……我需要每年都這樣靜靜地看著這些人嗎？希望不會再有這種會曬暈人的酷暑，也希望這些弱勢群體的聲音能被更多人聽見。◊

◊ 是祈禱被聽見了嗎？全國中暑監測系統自二〇一九年開始執行。

一票的權利

去年選舉當天，有個老爺爺因為心臟驟停而被送來急診室。急診推床上，醫療人員緊急按壓著老爺爺的胸腔進行心肺復甦術，推床後面緊跟著老爺爺看似平靜沉著的兒子。醫療人員在患者送達的時候再次確認了心臟驟停，並將患者轉移到復甦室去繼續進行心肺復甦術。老爺爺的心臟在整整六分鐘後恢復跳動，但他的脈搏依舊微弱。

我從復甦室出來緊急地和老爺爺的兒子進行了討論。老爺爺健康狀態原本就不太好，但還是可以行動。今天早上還去投了票，但在那之後卻忽然說自己心口很悶。在胸痛加劇後，老爺爺兒子決定將他送到醫院，正準備為他換衣出門，但在換衣途中，老爺爺就在兒子面前暈了過去。急救團隊到達的時候才發現是心臟驟停。我看了看時間，發現離那個時候已有三十四分鐘。

「現在心跳恢復了，但時間過了有點久所以整體狀態還是不太好。死亡的可能性很高。」

「他今天還去投票了，就這樣死去嗎？」

「對，我們會盡全力，但還是需要您做好心理準備。」

「那拜託你們了。」

兒子小聲回答道。

回到復甦室的時候，老爺爺的心跳再次停止了。幾雙手正輪流按壓在老爺爺的胸腔上。看來心臟很有可能不會再次跳動。我看著這一幕，忽然想到：如果老爺爺就這樣往生，那投票就成了他生前做的最後一件事。我早上在投票站投票，晚上就看著某個人的生命來到了盡頭。那他投下的那一票，有什麼意義呢？

事發太突然，他連遺言都沒有機會留下，而那張票就仿如他的遺言，但最終不過就是一張匿名的選票。一個人的人生來到盡頭的時候，親手做的最後一件事，就是在數千萬張選票中投下自己的一票，真的值得嗎？如果放在人生重量的秤上，不就等於無意義嘛。

然而我再次思考。假設今天是選舉日，而我知道自己在晚上就會死去，那我在早上不去投票，反而去做了別的事，這樣會讓我的死亡更特別嗎？好像不會。平凡的日常總會讓人最為幸福。即使在晚上才死去，我也會和平常一樣吃早午餐，而可以在選舉日當天行使自己投票的權利，也是生活中的一種幸福。

人們活在當下的時候，會做各種自己覺得有意義的事情，對他來說，投票就是有意義的。他到最後都在行使自己的權利。只是剛好他在今天就得離開人世，他的那一票也有了特別的意義。

我的思緒結束的時候他的心臟依舊沒有恢復跳動。他兒子在我告知消息之後也沒有哭泣。老爺爺的遺體在不久後覆上白布，被推到了殯儀館。我發現，在這個死亡無法預知的世界裡，我無法同情憐憫任何人。他做了對自己有意義的事情後，和別人一樣離開人世。而他投下的那一票，像是用生命換來的一張票，還有他連自己的死亡都無法預知的時候，用顫抖的手將自己的那一票投入箱子……

不久之後，推床裝載著老爺爺的遺體永遠離開了急診室，但選票彷彿在投票箱裡發光的情景在我腦海裡久久揮之不去。

作證的勇氣

凌晨的急診室。一個十八個月大的孩子躺在重症監護室裡，據說是在抽搐的途中失去意識，所以被母親帶到了醫院。一起進來的小兒科醫師們急切地圍繞著那個孩子。送到急診室的孩子們一般來說會在另外的兒童用急診室裡和小兒科醫師進行會診，除非是情況太糟糕，才會送到成人急診室裡的重症監護室。這是個很罕見的情況。一個年幼的孩子嚴重得需要躺在重症監護室裡的情況實在很罕見。

急診科醫師們也給那孩子做了檢查。躺在小兒科醫師們中的孩子狀態看起來非常糟糕。嚴重脫水、失去意識，全身軟綿綿地躺著，因為呼吸困難所以還需要插管。一個孩子會這樣實在太罕見了。到底發生了什麼事？據說是因為腸胃炎所以無法進食，最後因為抽搐所以來了醫院。

孩子感染情況太嚴重且在發高燒，我們確認了他的靜脈後為他插了管。孩子看起來已經病了很久。但是意識模糊和抽搐怎麼說都無法用內科知識來解釋。所以我們為他進行了腦部CT掃描，結果顯示了腦出血的現象。腸胃炎和腦出血之間毫無關聯，而抽搐則是因為腦出血的關係。看起來像是父母長期疏忽的結果。我們猜測孩子大概是因為渾身無力而摔倒。神經外科醫師表示孩子腦壓太高所以需要動手術。但是重症室裡沒有位置了，孩子必須被送到其他醫院。我們馬上打電話聯絡上可以在那個凌晨裡給孩子治療的醫院。

在那期間，我們也和孩子的母親簡單瞭解情況，太匪夷所思了。

「那個，雖然這樣說有點不好意思，但孩子情況糟糕成這樣的情況太罕見了。您可能要考慮孩子是否有被虐待了。」

「啊……我離婚後就一個人扶養孩子。我需要出去賺錢，太忙了根本沒辦法好好照顧孩子。孩子因為腸胃炎已經一個禮拜沒好好吃飯，好像也有餓到暈倒。我以為之後會好一些，但孩子忽然開始抽搐，所以我就把她帶來了。」

她一臉擔憂，流著淚吐露自己獨自養育孩子的辛酸。我彷彿可以理解她的心情。我們的社會中育兒並不完全是幸福的，其中的痛苦和苦難也不少。因此這種放任孩子不管的情形其實也難免會發生。我們於是決定先把孩子和母親一起移送到其他醫院。
孩子被送走後的凌晨五點。我們在經歷過一場戰爭般的混亂後小聲地說著話。
「媽媽很可憐欸，看來養育孩子真的很難，還會有這種事發生。」
「對欸。」
然而，怎麼想都還是很奇怪，但我也很猶豫是不是要去通報兒童受虐案件。那可是要將剛剛那個痛哭流涕吐露自己辛酸的母親向警方檢舉欸。有的時候，檢舉會引起很大的投訴或是紛爭，人家會覺得「我在養育我自己的孩子，你憑什麼干涉」，或「孩子都生病了，醫生居然還有閒情逸致去檢舉」等等。我最後還是下了決心。
「怎麼說還是通報吧。搞不好是在幫忙孩子，我們怎麼說都必須無條件站在孩子的立場作出判斷。縱容也不容置疑是虐待。我們有義務去通報。」
那個凌晨，我親自拿起電話向警方通報了疑似兒童虐待的情況。在警察來到之後，我也將孩子的狀態、孩子移送的醫院，還有孩子母親那裡聽到的話一一轉述讓他們瞭解情況。他們把我的話記錄下來之後就離開了。我也覺得自己的義務已經完成。社會團體中，希望有人會給這對辛苦生活的母女適時援助。但我的心情仍然無法放輕鬆，畢竟將一對母女通報給警方之後不可能覺得舒心的。反正我盡了我所能，再也沒有任何事情可以做。那件事有多不尋常，當時我就有多疲勞。

我下班之後睡到了晚上時分。凌晨發生的事情讓我一直都覺得心裡不安。忽然手機響了起來，是和我一起值班的住院醫師打來的。心情很奇怪。平時沒有值班的話，很少會有醫院同事打電話給我。剛接起電話就聽到了另一頭傳來很激動的聲音。

「醫師，那麼遲打電話給你真的很不好意思，是關於今早那孩子的事。」

我本來就很在意的事情再次被提起讓我的心漏跳了一拍。

「出了什麼問題嗎？那個母親來投訴了嗎？」

「不是，不是那樣的。」

果然，不安。很不安。超級不安的。

「那不然是什麼事？」

「差點出大事了。那孩子，那個母親，據說不是母親。只是保姆欸！」

「什麼？那個人不是孩子的母親？」

「現在新聞上也有報導了。而且那孩子，據說也不是那孩子！報導上說她是另一個不同姓氏的十五個月大孩子！」

「什麼意思？」

「就那孩子的身分是假的，是那個保姆用了其他孩子的身分編的。」

「啊。」

我在腦海裡整理著亂成一片的拼圖碎片。其他孩子的身分、不是親生母親的人、就快死去的孩子、如果好好照顧的話絕對不會變成那樣的孩子。還有用其他孩子身分為那孩子造假身分的保姆。

首先應該是那保姆不想留下紀錄。為什麼不想留下紀錄呢？因為是自己親手把孩子弄成那個樣子的。孩子病好的話就可以當成不曾發生的事情。反正孩子沒辦法反抗，也不會記得，所以不會留下任何證據，可以輕輕鬆鬆讓事情過去。

「總之就是那個母親，不，那個保姆把孩子弄成了那樣的吧。」

「現在情況大概就是這樣。現在警方都來到醫院裡找醫師您欸！說是請您聯絡他們。但我真的覺得受到了衝擊，天啊，真的差點出大事了。」

「對吧，居然，真的瘋了。反正我知道了。我們只是做了本分事。請警察聯絡我吧，我會處理的。」

我先把電話掛了，然後繼續把腦海裡的碎片拼起來。

所以有人將孩子委託給了保姆。大概是沒辦法親自照顧孩子，也無法去瞭解關心孩子的情況。孩子一整天都和保姆在一起。孩子只能依靠保姆，但保姆從某個時候開始虐待孩子。這已經是確實的犯罪了，但孩子無法說話，也無法反抗，什麼證據都無法留下。

保姆成了一個不需要受懲罰的犯罪者，只要孩子還有一口氣在，她就肆無忌憚地虐待孩子。孩子就算被虐待後好不容易復元，但也會面對下一輪的虐待。孩子就這樣到某一天患上了腸胃炎，在那其中虐待沒有停止，直到現在孩子開始抽搐。親眼看過孩子就真的很像快死了，而死亡就是虐童的證據，所以保姆在那個凌晨才會把孩子帶來醫院，然後用了其他孩子的身分，假裝自己是孩子的生母，假惺惺地哭訴著自己獨自育兒的艱辛。她真的演得很自然，說不定真的可以瞞天過海，當作沒事發生過。在那個過程中，僅僅是一通電話，就把她的如意算盤打亂了。我把腦海裡的碎片整理好之後，還是一片複雜。這是不允許被發生的事情啊。

我簽了陳述書，也全力配合警方的調查。一系列難以置信的事情就這樣被揭開。這就是那「魔鬼保姆」事件。

新聞報導該保姆因虐待六個月大的幼兒而遭到了拘捕。我見到的那孩子明明十八個月，不，是十五個月大欸。我後來才知道，原來她還照顧了另外一個六個月大的孩子。警方復原了她的手機，發現了那個六個月大的孩子被摀住口鼻的照片。一個人的手機裡居然有那種慘絕人寰的照片。最終那些照片成了讓她被拘捕的明確證據。

她雖然是職業保姆，但其實也不曾獲得任何正式的許可。我見過的那個孩子確定受到了虐待，而除她以外還有另外四個孩子，大概也難以倖免。其他新聞報導中也出現了其他孩子被燙傷卻沒送醫的消息。我們看著每天更新的消息震驚不已。

保姆後來承認了在孩子父母沒有按時繳付托育費用的時候就會虐待孩子。就只是因為沒有按時繳付托育費用……嫌犯除了有證據的行動之外，其他都一概否認了。而那個孩子，在我見過她的二十天後最後還是死了。

在那之後我接到了檢察廳的電話。在最後起訴之前，他們需要最初通報人的證詞。

我親自和檢察官通了電話。

「醫生，如果不是您一開始通報的話，這案件大概就只會是普通的病例。您的通報讓其他孩子經歷的事也得以公諸於世，還阻止了未來可能會繼續發生的虐待事件。您做了很偉大的事情，所以請您一定要鼓起勇氣。現在嫌犯在否認她的罪名，我們最後需要最初通報人的證詞。」

這可怕的事件中留下了我的名字。我需要鼓起勇氣。

「好……一開始我也不知道的。那個人說了自己是孩子母親的時候，我也是相信她的。孩子身上也沒有明顯的外傷，所以原本沒有想要通報的。但我知道的是，孩子不管通過什麼方式陷入危機的話，不管有什麼事故，那都是虐童。縱容也不容置疑是虐待，所以我覺得那也屬於虐童的範疇中。

當時在現場很難去聯想到這其實就是虐童。但是我想的是，如果可以引起社會的關注，就可以對這個獨自辛苦地養育孩子的母親伸出援手。那才是我通報的原因。說真的，我也沒想過事情會發展成這個地步。

「好的，瞭解。那我想請問關於ＣＴ掃描的事。診斷報告上寫著的是喉部骨折以及蜘蛛網膜出血。請問您可以仔細解釋嗎？」

「啊，那一部分我可以自信地解釋。我看過很多的ＣＴ掃描圖。剛開始的時候想說就只是腦出血，但後來我又更仔細地看了一遍。腦出血的原因有分外傷所致或是內部出血，或者是很罕見的因缺氧而導致大腦壞死、腫脹並出血。那孩子的情況是由外部原因導致缺氧而引發的出血。她沒有典型的外傷，頭蓋骨雖然有骨折但並不嚴重，出血大概是其他原因。有可能是因為缺氧而出血，可能是被掐住脖子、被浸在水裡，或是被摀住口鼻。再不然的話，孩子大概被用力搖晃過。那種出血如果不是外部衝擊的話，不可能會發生。我很確定。對此，我可以作為醫生作證。」

「好的，辛苦了醫師。這對我們的幫助很大。」

起訴正式開始了，而這件事也像滾雪球一樣越滾越大。在檢察官的追問之下，保姆終於鬆了口。我每天都在確認著源源不絕出現的新聞。那個保姆說十五個月大的孩子因為腸胃炎和腹瀉開始無法上幼兒園，後來她因為這件事壓力很大。十天內只給孩子餵了一餐，但因為孩子腹瀉所以她需要一直換洗尿布，不由得生氣煩躁，最後因此踢了孩子。十天內，孩子因為脫水和腦出血而痙攣。孩子被放任了三十二小時後才被送到了醫院，然後在二十天後死亡。

在新聞報導中也出現了其他的虐待事跡。她故意用熱水燙傷十八個月大的孩子，還用手摀住十二個月大孩子的口鼻，然後浸入浴缸高達三次。這些行動甚至有影片佐證。這個保姆甚至在兩年內已經被通報高達五次。說是孩子哭泣的聲音很怪異，或是孩子身上出現不明的燙傷傷痕……雖然所有的通報都很合理，但是她從來都沒有被懲罰過。她的虐童行為一直都持續著，直到一個小孩腦死如此確鑿的證據，以及醫療人員的一通電話出現。

這是一件令人作嘔的可怕事件。◊ 如此可怕的事件就這樣在我眼前發生。我為什麼會在那個當下呢？這件事情從哪裡開始出錯呢？是因為社會制度對私人保姆的驗證程序不夠完善嗎？還是我們的社會從根本就在形成魔鬼呢？這些孩子多無辜啊。我能對這件事發表什麼意見呢？這種罪孽不可饒恕，我們要爭鬥的還有太多。我們要守護的，也一樣很多。我有種一切都在我肩上的感覺。

◊ 事件中的保姆在二〇一九年四月被判十七年有期徒刑，同年十一月進行的上訴審判中得以減刑兩年，最終被判處十五年的有期徒刑。

工作夥伴

黎明即將破曉的清晨，人們還在沉睡。街道上寂靜無聲，燈火開始慢慢亮起。幾個人打破了寂靜與黑暗，在街道上開始了一天的工作。這些都是披星戴月出門維持生計的人，在其他人出來之前他們就得結束工作。他們三人一組，身穿淡綠色的螢光外套和灰色線條衣服；一名負責駕駛，另外兩名負責將前一晚人們拿出來的垃圾拾起來丟進垃圾車裡。巨大的垃圾車在熟悉的道路上快速移動著，他們的工作和平常並沒有什麼不同。

太陽慢慢升起，他們的工作也來到了一半，垃圾車停在了某個巷子前。這是一個在收集了垃圾之後要倒車進入的箱子。兩人將後面的垃圾拾起來丟進垃圾車之後，拍了車身，表示一切準備就緒。垃圾車開始倒退，兩人就站在垃圾車後面的護欄上。垃圾車就和平時一樣倒退，但那天卻有些微妙地，以稍微有些快、有些急的速度移動了。後面站著的其中一個人，在那天看起來也格外有些踉蹌。支撐自己的欄杆與剛踩過汙物的鞋底間忽然失去了摩擦，腳底瞬間打滑。他感受到自己失去了重心，隨即就摔倒了。他的眼前只有沾滿汙物的道路，還有向著自己衝來的垃圾車輪胎。那個輪胎就和平常一樣在滾動，就和平時一模一樣。但是接下來發生的事，卻是前所未有的。

凌晨時分的急診室裡，哭泣聲剛剛安靜下來。我們疲憊無力的像被水浸溼的棉花一樣。就在剛剛，我們的患者不幸往生而被送到了殯儀館。我在電腦前，想著昨天早上的事，感覺已經過了三、四天。一夜之間到底多少人死了，有多少人在死亡的邊緣徘徊呢？我值班已經超過二十個小時，現在只剩下三小時。這段時間人們都已睡著了，大概會比較清閒。

就在那個凌晨，救護人員推了一名病人進來。身穿橙色衣服的人，推著橙色的推床上一個身穿螢光色衣服的人來了，上面的人一看就是名清潔人員。我想說應該是在凌晨時分打掃的時候覺得不舒服吧。但剛往他走去的時候，救護隊員就告訴我：「因為垃圾車的傷，看起來傷得非常重。」

我向患者開口問道：「請問哪裡不舒服？」

他冒著冷汗，緊閉雙眼開了口。「肚子，呃……唔……肚子。」

垃圾車、腹部、痛苦的哀嚎，我撩起他那螢光色的衣服。凸起的肚子上還有斜劃過的輪胎印痕，我彷彿感受到頭腦裡炸開了。

「大叔，你肚子原本就這樣凸出來嗎？」

他沒有回答，搖著頭繼續痛苦地哀嚎。「唔唔……」

「快把他送到重症區！馬上！」

他躺在重症監護室裡，身上還是那套螢光色的衣服。我和其他醫療人員用力把他的衣服撕了下來。如果車子往人的正面衝過來，人就會本能地把身體蜷縮起來，因此普通的交通事故中都是四肢或頭部先受傷，不然就是身側或是骨盆。但如果是腹部受傷的話，很大可能就是在平躺著的情況下被車輾過。這名患者是名清潔人員，而肇事車輛是一臺垃圾車。垃圾車，比普通車子重了多少倍呢？而這意味著什麼呢——基本上就是一個可以把腸胃都輾爛的程度。

「大叔，你是從車上掉下來的嗎？」

「對……唔。」

「除了肚子還有哪裡痛嗎？」

「肩膀……胸也……」

我現在才留意到他赤裸的上身，左邊肩膀果然看起來有些怪異。他的肩膀詭異地扁平，任誰都不會覺得那看起來很正常。輪胎停下的時候大概是壓在了這個部分。輪胎印痕即使很淺，但也足以通知我們它的路線。簡單來說，就是輪子以斜線的方式輾過了患者的身體，輾過的部位骨頭都碎了，內臟受傷也讓患者的腹部異常腫脹。我戴著手套，沿著輪胎印痕按，發現那一區的肉骨都已經是反常地鬆動，還有些嘎吱嘎吱的聲音。

「這，請準備所有的外傷處理。輸液、血液、胸管、動脈導管、聚乙二醇、超音波、X光，反正就是全部！都準備好！」

我觸碰著患者腹部的當下，感受到了近乎憤怒的情緒。我原本就不會去斷定人的善惡，我覺得自己無法去判斷誰善良或誰險惡。但是對於我這種沒有資格、眼光也不太好的人，如果要選出世界上的好人，我覺得我會選擇我眼前的這名患者。在眾人還在沉睡的凌晨時分，他就已經起床工作，試問一個清潔人員到底有什麼罪孽？在這個眾人都有罪的世界裡，區區一個在凌晨時分開始做自己本分工作的人，到底有什麼深仇大恨置他於此地？我想要救他，至少這個人還不能死。

「大叔，撐著。大叔！」

「痛……是我踩空的。是我的錯。啊，好痛……」

「大叔你不會死的！」

「是我的錯，是我的……」

我再也聽不下去了。錯？自己被壓在那麼笨重的垃圾車下，怎麼還能這樣？為什麼這世界上善良的人連生命都快失去了，都還是那麼默默地善良呢？因為善良，所以怪罪把自己害成這樣的人都不願意嗎？

「大叔，你沒錯的。活著不是錯。這裡準備好的話也給我嗎啡！大叔你可以活下去的，大叔！」

「唔唔，痛……唔唔！」

忙碌的空間裡忽然在某瞬間變得異常緩慢。我舉起傳遞過來的注射器，警報也同時響了起來。屏幕上，大紅色的46閃爍著顯示患者的脈搏指數，下面的收縮壓顯示62。我看向了患者，是瀕臨死亡的臉。

「大叔，大叔！」

我當然得不到任何回覆。

「中斷一切急救，先插管！快！」

我放下了注射器，張開了他的下巴。沒有任何阻力，所以插管很順利。插管之後我看了看屏幕，他的脈搏……我摸了摸他的頸部。沒有脈搏了。

我們為他進行了心肺復甦術。他被送來，移到病床上的時間不過五分鐘，不管是要進行檢測還是急救根本就來不及。在這麼短的時間內死亡，基本上就等同於他在外面的時候已經是在死亡邊緣了，但他被送到醫院的當下還可以算是堅持活著的人。他的腹部在短短的五分鐘內變得更為腫脹。我把超音波探測器放在他的腹部上。雖然屏幕顯示的是黑白，但我眼前彷彿看到了被輪胎輾爛的內臟流出紅色血液溢滿他的腹腔。他內臟碎片和液體在他體內隨著心肺復甦術的按壓晃動著。我們從一開始就無法將他救回來。他彷彿在案發現場就已經死去，但還是為了在我眼前死去而奮力撐著來到我眼前。

我們早就預想到了這個結局，甚至束手無策。他只是因為頭腦沒有受傷，所以得以慢慢失去意識才死去的。

我們準備收尾，正式宣布他的死亡之際，外面忽然傳來一陣騷動。「有人來了。」「是監護人嗎？」「不是，據說是加害者。」我決定出去看看，發現了一個穿了一樣螢光色衣服的男人。一定是他。「你是主治醫師嗎？」「對。」「情況怎麼樣了？」「傷得很重，嚴重得一開始就救不回來的程度。」「是會死掉的意思嗎？」「是，沒辦法救回來了。他會死的。」那個男人忽然衝向了門稍微打開的重症監護室。「欸欸欸！你這小子！你要活著啊！你得活著欸！」

他衝到了患者面前，在醫療人員們還在忙著進行心肺復甦術的時候，給了患者一巴掌。他們肯定很熟、肯定不是故意的、肯定無法預料、肯定……我們無法阻止他，我只能扶著他的肩膀把他請出去。「我們在急救，等會會讓你見他一面的。」「欸——」

他甩開肩膀上的束縛，在一群醫療人員間倒在地上，跪爬在地上哀嚎著。他的動作看起來就像要爬到哪裡去，而實際上他只留在原地扭動著。周圍的人這時候也將他抬了出去。

患者最終確定迎來了死亡。在垃圾車輾過他的瞬間，他已經和死亡非常接近，但因為還有呼吸，所以死亡的準確時間還是需要我來確定。死亡時間大概是在他躺下之後的三十五分鐘。我在診療室裡填著最後的文件，覺得這些亡者專用的表格真的很煩。雖然不疲憊，但精神真的很恍惚。我把頭往後仰，閉上了雙眼。悲傷、垃圾、車輪，這世上沒有公平而言，或許那些事物正是世界上最不公平的。即使是被自己收拾的垃圾堆壓死，人生也不過如此。

我深呼吸之後，出去面對其他的患者。剛剛被抬出去的患者同事就站在那裡，看起來穩定，亦看起來並非如此。我想回到自己的位置上，但他看著我，走了過來向我開口。

「醫生，醫生您不知道吧。反正您到死都不知道你剛剛做了什麼。啊不，是我做的事。我不知道我到底做了什麼。我開車輾過很多東西，我甚至到剛剛都還在開車。然後今天凌晨，我覺得自己是全世界最受詛咒的人。你知道，開垃圾車把自己最好的朋友輾過是怎麼樣的感覺嗎？我的朋友，就躺在我開的垃圾車下面。

那是一種軟綿綿的感覺，很明顯就是輾過了生物的感覺。我在那一瞬間認知到我的車停在一個軟綿綿的物體上，但也根本無法從油門上移開腳。就在那一剎那間，車子馬上停到了平坦的地方，在那同時我聽到了物品斷裂的清脆聲音，還有我同事拍打車子尖叫的聲音。說實話我在耳朵聽到聲音的那一瞬間彷彿就知道發生了什麼事，但我真的祈禱著希望不是。我願意用我的生命一切來交換，希望不是我想的那樣。然後我衝下車，看到了我的朋友，確認了我輾過了什麼，祈求著他可以活下來，也祈求著你剛剛可以否認我在想的事。那是你做的，我做的事情。」

「……」

「我想和我朋友一起死去。雖然對死去的朋友很抱歉，但我真的很想死。不然我覺得我一輩子都忘不了那種感覺。很奇怪，那種感覺彷彿溢到我的下巴，那種我在用巨大的重量踐踏著什麼的感覺。我開車一輩子都無法經歷的那種感覺，那種感覺到現在還留在我的腳尖和顛簸的身體裡。至少讓我把這條腿砍了吧。不是，我就該死，這不容置疑。這朋友，我這朋友被我輾死，我要怎麼償還，我能用什麼償還呢！我甚至還認識這朋友的妻子。我會安靜地去死的。」

「我其實有件事要告訴你。」

「什麼？」

「死者到最後都在和我說話，說自己錯了。那是他最後留下的話。」

「啊……」

他的眼球急速轉動著。然後他握緊拳頭，猛地捶打一旁雪白的牆。

「啊，臭小子。居然到最後還說是自己的錯……明明是我殺死他的。做錯了？錯？所以死了嗎？壞小子！啊——」

我無法繼續聽他說話，就走向了其他患者。天就快亮了。彷彿沒有盡頭的二十四小時值班就這樣結束了。

我從醫院裡出來的時候大街上很熱鬧。人們充滿活力地開始上班。「在那一段時間裡起床之後出來的人們呢。對呢，剛剛大家都還在睡。」我在陽光下等著公車，看著四周。街道上很乾淨，垃圾也都打掃好了，彷彿一切平凡的、不平凡的事情都不曾發生過。

「你沉睡的時候，都有幾條生命消失。」我試圖回想這句話出自哪裡，卻想不起來，也想了一些無法知道、也無法預料的事，譬如說開車輾過朋友的那種感覺。凌晨時分的那場對話，這一生大概只會經歷一次。

「一個醫生活出百人的人生，如果無法承受，就無法成為醫生。」這句話又是誰說的來著。我明明沒有那個勇氣的，我明明很害怕的。

公車終於到了。車上的人很多。這些事都那麼普通，卻讓我忍不住哭了。我鑽入一車的人群中，抓住了扶手，然後再次把頭往後仰，閉上了雙眼。公車一路顛簸行駛著，我的腦海卻彷彿坍塌到某個遙遠的空間。公車和往常一樣輾過無數有的沒的前行著，車上的人也和往常一樣隨著公車顛簸著。普通的車輪、平凡的善良、平常的悲傷，還有我們平淡無奇踩過、輾過的……我像是每天都在換著體驗一種自己無法體驗的生活，像是每天都在咬牙堅持著。

母親

一天裡就有一百七十二名患者，其中有一名是心臟驟停患者。我們接到電話通知說有個四十歲的心臟驟停患者即將送來的時候，醫療人員們馬上就做好接待的準備。他過了一陣子才到，到的時候脈搏也已經恢復了。救援人員抵達現場的時候馬上就給他做了心臟電擊，讓他恢復了心跳。在那之後患者的心臟繼續跳動著，但還未恢復意識。救援人員們將昏迷中的患者移送到了醫院，而看起來像是患者母親的人也跟隨在後。

「監護人，您有親眼看到發生什麼事嗎？」

「與其說我看到，應該是說我聽到兒子房裡傳來的尖叫聲，過去才發現他暈倒了。」

「發現的時候就已經沒有反應了嗎？」

「看起來有點像是癲癇，但反正因為沒有反應所以我馬上報警了。」

患者大約四十歲，身體看起來也無恙。考慮到他暈倒的來龍去脈，以及靠電擊去顫器就可以恢復心跳的情況，看起來像是心律不整導致的心臟驟停。救援人員快速地到達，心臟停止跳動的時間大概不超過十五分鐘，一個模稜兩可的時間。我用力搖醒無意識躺著，眼皮也沒有完全閉上的患者。他動了一下，但也僅僅是如此。典型的腦部損傷導致的昏迷。患者剛剛經歷了心臟驟停，現在我也無法知道他是否會醒過來，或是如此死去。我們能做的只有低體溫療法讓他在重症室觀察幾天後再試著把他叫醒。但即使是那時候，我也無法知道他是否會醒過來，或是如此死去。

「監護人，您的兒子是心臟驟停。在那個狀態下如果不進行心肺復甦術，基本上就等同於死亡了，但所幸救援人員把他的心臟救了回來。一個人心臟一旦停止跳動，腦部無法獲得血液供應，就會受到損傷，而且在很短時間內就會發生。我們不知道人在這種情況下可以撐多久。患者現在還在呼吸，也有一點反應動作，所以還是可以期待恢復的。基本上就是要期待曾死去的人是否可以再次回來。」

「那現在怎麼辦呢？」

「我們會進行低體溫療法。為了最大程度降低腦部損傷，我們會讓患者處在低體溫狀態至少三天，並留在重症室裡觀察。為了讓患者可以承受低體溫，我們也會給患者打安定劑讓他睡著。患者是否能被救回來就要那之後才知道了。」

「請……請實話實說吧，他救回來的機率有多少呢？」

「說真的，醒過來的可能性有百分之二十五，像現在一樣昏迷但稍微可以作出反應的可能性有百分之五十，而死亡的可能性有百分之二十五。」

「好，我知道了。」

她簽了一疊厚厚的同意書，抓著筆的手很明顯在顫抖著。大概是因為知道了自己兒子活著的機率只有百分之二十五吧。實際上是沒錯的，我們接著為患者做的ＣＴ掃描結果中看得到患者的腦部腫得很可怕。如果腦部沒有得到血液供應，腦部組織將會像迷路一樣開始腫脹。如果這情況持續下去，患者就會變成植物人，或是死亡。我給患者貼上冰袋的時候，再次試著叫醒他。沒有反應、沒有意識，無疑的就是個昏迷中的重症患者。我看著患者的這個狀態，無法想像他醒過來的樣子，他或許就得一輩子這樣活著。我為了他的這場長期戰役，把他送入了重症患者室。

直到第二天早上為止都再也沒有心臟驟停的患者了。我結束了對於那一百七十二名患者的報告，交付任務之後就下班了。下一次值班在三天後，我可以不需要再煩惱住院患者的事了。我和平時的假日一樣吃飯、睡覺、見朋友、看書、還喝了酒。雖然對患者的情況有些好奇，但也沒有去問任何人。畢竟我在放假，三天後上班的時候再重新對患者負責就好了。

平凡的三天就這樣過去，我再次上班去看看我那一百七十二名患者。上班的路上我就很好奇那名患者的狀況了。把白袍穿好到護士站之後，我馬上就開始翻查他的紀錄。低體溫療法剛剛結束，現在也停止了為他注射的安定劑，剛好到時間要確認他是否恢復了意識，是否能活著。其他紀錄看起來都好像不錯，是蠻有希望的。我問了負責他的主治醫師。

「患者會醒過來嗎？」

「不知道，大概等下就會知道了吧？」

「監護人呢？」

「啊對了，監護人從那天晚上就沒有離開過醫院。」

「患者母親嗎？」

「對，一天內的探訪時間只有在中午和傍晚，只有十到二十分鐘，但其他時間她都守在外面。快超過三天了吧。她也沒有問我們什麼，就靜靜在那裡等著，也沒看過她去哪裡。」

大家看起來都知道這件事，消息大概已經傳開了吧。我工作了一陣子之後，在安定劑效果快消失的時候去到了重症患者室。我在重症患者室門口果然看到了和三天前穿著同一件衣服、同樣打扮的患者母親躺在椅子上。三天內都在醫院裡度過，她臉上的疲憊不言而喻。

我經過她身邊去看患者。剛進去就發現從昏迷中醒過來的患者戴著呼吸器，睜著眼看著我走進來，他眼球看起來是可以對上焦的，我走到他身邊的時候，他的視線也隨著我轉到了左邊。我看著他的雙眼向他點頭的時候，他也點頭回應了我。他回來了。我把手放到他右手掌心，讓他用力握住我的手。我感受到了右手傳來的握力。這種程度基本上就是完美恢復了。我請他用力呼吸後，把他的呼吸器拿了下來。他咳嗽著，開始用細微的聲音開口。

「是癲癇嗎？」

「是心臟驟停。你最後的記憶應該是三天前的。」

「現在沒事了嗎？」

「這裡是醫院，你沒事了。」

他的表情沒有特別的高興，也沒有開口繼續問問題。連他身邊的醫療人員們都看起來比他高興很多。也是，心臟驟停的人如果當場死亡，根本就來不及高興或是生氣，他們只會在昏迷的世界中就這樣無痛離開。猝死的人通常都來不及有任何的感受，就這樣死去。但是，經歷了心臟驟停的人如果恢復意識睜開雙眼，只會覺得自己就這樣活下去了。不管是誰都不會對死亡的瞬間感到憤怒或是憎惡，那反過來活著就一定要高興嗎？死亡是那麼的理所當然，活下去也一樣。他露出特別高興的表情的話，反而會顯得更加奇怪吧。

總之，我為了讓這個失而復得的生命維持下去做了妥善的安排，然後離開了隔離室。我想給或許會比患者更高興的患者母親傳達這個消息。今天的探訪時間還有一陣子，所以她依舊躺在外面的椅子上。她垮著臉，看不出有一絲希望的痕跡。

「監護人，剛來的時候我們見過吧。」

她站了起來回答道。

「對對對，醫生。是發生了什麼事嗎？」
「患者現在已經睜開眼睛了，也可以開口說話。之後大概也會這樣。」
「醫生……醫生！」

她忽然緊緊握住我的雙手。「謝謝您，真的謝謝您救了我的兒子。謝謝您，謝謝。」她一邊哭著，一邊用盡全力地將我的雙手蹭上自己的臉頰，不斷地說著感謝的話。我的手背感受到了她臉上的溫度。她三天來只想著兒子活下去的那百分之二十五的機率，守著她兒子，而終於在這個時刻迎來了歡喜。這個醫院裡很難得的瞬間裡，她全心全意地對我表示感謝。過去的三天裡，我吃著飯、喝著酒、躺著休息，而她在醫院裡死守著，一步都沒有離開過。我偶爾會好奇那患者的情況，但她時時刻刻都在想著自己的兒子。但她現在在感謝我救了她兒子，像是我真的親手將她兒子救了回來。我想乾脆地回答說是她的守護救了自己的兒子，說我只是傳達了她兒子的消息，說是她自己無私的奉獻救了她兒子。但我做不到，我只能緊緊握住她的手。她像是抓著自己兒子的手一樣，握住了我的手哭了很久。「醫生，這個恩惠……真的非常感謝您……」我拍拍她的肩膀之後離開了，也聽到了身後傳來的哭喊聲。

「晟鎮啊，快來吧。說是睜眼了。對，說是可以像之前那樣活下去，說是以後也能活著。快來吧晟鎮，快來。」

我回到值班室，打了通電話給我自己的母親。不管是什麼，我都想和我母親說上兩句。我母親接到電話的時候馬上就問我吃飯了沒，而我回答說沒有，正在工作。我母親問我為什麼還沒吃飯，我告訴她剛剛有個人的母親握住了我的手痛哭。那個母親的兒子差點死去，我或許算是救了他，但在那期間那個母親一直都守著她兒子，一步都沒有離開。我母親回答說我做得好，也說道守著兒子對那個母親來說大概就是理所當然，說孩子原本就是母親的一切。我想問我母親是否會像那個母親一樣守護我，但我沒有。我母親讓我去吃飯，我哽咽著回答她說我會吃的。值班室裡恢復了一片安靜。我大概不需要開口問都可以知道，如果我在死亡邊緣徘徊，不管是三十天還是三百天，我母親都會那樣守著我的。我剛剛差點問出口的問題，其實沒有意義。我紅著眼眶繼續到急診室裡工作。那裡還有數十名的母親。

於，跨越時空閱讀我文字的你

我在巴黎的一張書桌前。混亂的生理鬧鐘與疲勞互相糾纏著，連何時睡、何時醒都無法知道。我到巴士底廣場的巴士底市集閒逛，到聖保羅聖路易教堂裡祈禱，也參觀了畢卡索美術館。路程很遠，也沒有什麼可以好好吃，我很快就累了。這裡比韓國的緯度更高，日光照耀的時間也特別長。傍晚六點的時候天還亮著，我不小心睡著，在天已暗下來的凌晨四點醒了過來。一整夜都下著雨，我房裡開著窗，房裡一直都涼涼的。我看著窗外一陣子，發現天就快亮了，就像我們曾經一起守著看過的畫面。

我讀了費爾南多・佩索亞的《不安之書》，然後在東方破曉之時看了亞倫・雷奈的《好戲還在後頭》。這部電影的背景就是這裡，巴黎。這部電影中出現了古希臘神話故事中的奧菲斯，也將現實生活中存在的人物與他們各自演出過的角色穿針引線連在一起，交替著時空與敘事者，生命和死亡，最終暗示了我們什麼都無法看到的訊息。這部電影講述著導演親自宣布了男女主角永遠的死亡，而從過去的角色中回到現實的男女又再次回到角色當中，導演卻再次以死亡造成時空間永遠的變動。電影裡的一切都在不斷改變，如同我們生命中各種生動的瞬間。

我回想著電影裡的情節，然後在大清早出門找了家店，買了三明治，準備出發到尼斯去。火車車程大約兩小時。我在車上想著要寫什麼：要寫維克多・雨果的故居嗎？還是畢卡索美術館中遇到的日本少女？要寫從很久以前慢慢開始成型，屬於這個城市的美感嗎？或是結構性欣賞？要寫那些我在北京三里屯和昆明無意中避開的殺戮嗎？不然是要寫我瘦得可怕的那段故事？還是我在特拉維夫炸鷹嘴豆餅的兼職生時期故事？要寫關於平凡的死亡嗎？還是寫剛剛看的電影觀後感？

如果現在不寫下來的話，這些馬上都會變得模糊。然而我在涼颼颼的凌晨，走在巴黎的街上，看著關門的店家，想的卻是要給你寫信。這些文字不是為了要讓其他人看的，而是只願你一人收藏、閱讀。從收拾行李、背上行囊、搭地鐵到里昂站、接著搭乘高速鐵路TGV到尼斯城站、直到找到預定好的民宿，這些文字帶著這一路情緒，而我只想傳遞給你一人。

你說過，我的故事裡的敘事者每次都不同。嗯，我總是在尋找著最適合敘述那個故事的人。而我以自己為敘述者寫的文字都會讓我最有警戒心。原本的我既狹隘又微弱，要把這樣的我完全複製出來不僅僅慘不忍睹，還會讓所有的人離我而去。懦弱的我絕對無法忍受這樣的事情發生。但在這個凌晨，在我觸碰著鍵盤的這個凌晨，我想讓原本的我寫下文字，那也是我決定給你寫信的原因。即使很害怕，但我還是想讓你看見如此卑怯的我。

我聽著你選的歌曲旅行。那一份播放列表是我旅程的背景音樂，我一首一首聽著，找到你清楚的記號和特徵。聽到最後總會聽到你愛的部分。這個中低音讓你心跳加速了吧？這個部分的鍵盤快奏讓你不自覺地描繪著輕快的旋律，貝斯獨奏的部分也讓你想像著樂手撥弦，感受著速度的快感了吧？我這樣想著，在一個需要十二小時飛行才能抵達的地方，只要想起我們在為同樣的音樂沉醉，就彷彿可以聽到你用你沉著的聲音解釋著那些音樂。我彷彿可以感受到你的氣息跨越這十二小時，一直和我在一起。啊，僅僅是聽音樂是能有多少的感受啊。我想要在回去以後，把這些歌曲原原本本地在我們一起的空間裡播放著，想要通宵和你暢快淋漓地聊著天。

出發到機場前，我收拾著行李，把我的牙刷和在一旁的，屬於你的牙刷一起收到了背包裡。就是你自在地在我們家洗手間裡擠牙膏，放入嘴裡刷牙用的那只牙刷。我不想要這只牙刷在家裡等你和我太久，不希望它太孤單，所以就把它帶上了。託這只牙刷的福，我看著它的時候，可以想像著素顏的你在擠牙膏、刷牙。我也會想起你的上下脣，偶爾會觸碰又張開，有時候會癟嘴，有時候會微微張開，有時候還會想起你在發出在巴黎這裡聽不到的，我們的母語中「啊」或是「欸」的聲音，和嘴唇的紋路和形狀。而我想，我最想聽到的只有你說母語的聲音，最想看到的嘴唇也只有你的。所以忽然想念的時候，我都會看看洗手臺上放置著，屬於你的牙刷，讓我得以細緻描繪出你的模樣，彷彿你就近在眼前。

我有時候會陷入沉思，想著我怎麼會開始寫作，怎麼會愛上你，還會想著那些令人昏眩的神祕事情。像是我怎麼偏偏在這裡存在，讓你來到這個世界上卻偏偏看到我，這種奇跡般的事情。光是用想的，都能讓我覺得這個世上充滿著難以置信、無法理解的事情。想像著我的文字在人群中輾轉一番，最終來到你眼前，我像個傻瓜一樣笑一整天。

這世界上有太多寫著華麗又虛假得可怕的文字。每次發現那樣的文字都會讓我羞恥得想要立即消失，就像我本人就是一篇篇的散文組成的，而我想把自己放入碎紙機中，讓這些散文中的文字、字母一樣，逐一潰決；或像是希望我自己成為文盲，不管什麼文字都寫不出、看不懂，而身邊的人在瞬間煙飛雲散。

那種時候，我都會鼓起勇氣，深信著你一定會愛著我的文字，就這樣開始寫作。那成了我唯一的安慰與希望。我有種感覺，就算我瞎了眼、聾了耳、成了文盲或是飛人，我只要在腦海裡寫下一段文字，那段文字就會原原本本傳遞到你的夢境中，我深愛的你會在純彩色的夢中游來游去，一字一句讀著我的文字。我們過去一起度過的時間彷彿那段夢境，我勇敢地想像著，即使現在不和你在一起，但我的心意依舊能傳遞給你。

啊，讓我害怕，卻同時讓我克服害怕的你。即使我只是你人生中的一個小句點也無所謂。只要想到，那一個句點能撼動你的心，即使很輕微，我就會有勇氣去挑戰這世上任何一種文字。我雖然一直都很卑怯，但我也一直愛著你。所以我想讓你知道，你對我是多麼的重要。就算依舊很卑怯地，無法站在你面前親口對你說，但我很感恩你讓我還有一絲絲能力，寫出這些文字。

我的情緒全都被壓縮在這一段難以置信的短暫時間裡了。天空也剛好破曉了呢。這已經是我第三天來不及看到日落，卻都剛好看到了日出。就像我們曾見面、在一起的瞬間。我清清楚楚地看著這個世界亮起來的優越瞬間，希望這一封信可以成為我們的凌晨，可以超越現實般地長久。我在太陽破曉的瞬間活著，你在那一瞬間，也在那裡呼吸著，希望這個場面可以延長直到永遠。像是時差和空氣在飛機到達某個高度時被壓縮，像是我們在見到對方時，緊張得呼吸困難的那種感覺，也像是想到睜開眼睛就能見到你歡喜的表情和你臉上的紋理。

這會是我寫給你的第一封信，也會是我在這個地方留下的最後文字。這樣的始與終，像我書桌旁的兩扇窗，成了永遠的迷宮，有了入口，也有著出口。我們一起度過的夜晚和記憶交會著，像某種循環一般，在各個次元中跳躍著。我反覆折騰著這種永恆，而我們卻依舊擁有著永恆，這樣的想像讓我很幸福。所以即使是無法逃脫的迷宮，只要有你在，我願意待一輩子。

現在的你是時候回到外面明朗的世界了。如果這些文字可以傳遞我熾熱的愛，讓你在這個險惡的世界中也能獲得力量堅持下去，那我真的，即使明天變成文盲，也心甘情願。

我所有的文字，只想著你，只於你。

ISSUE 45

從急診室，致你：為你寫的 60 篇愛的故事

제법 안온한 날들
당신에게 건네는 60 편의 사랑 이야기

作　　者　南宮仁　남궁인
譯　　者　Jacqueline Khoo
主　　編　王育涵
責任企畫　林欣梅
美術設計　吳郁嫻
內頁排版　吳郁嫻

總 編 輯　胡金倫
董 事 長　趙政岷
出 版 者　時報文化出版企業股份有限公司
108019 臺北市和平西路三段 240 號 7 樓
發行專線｜02-2306-6842
讀者服務專線｜0800-231-705｜02-2304-7103
讀者服務傳真｜02-2302-7844
郵撥｜1934-4724 時報文化出版公司
信箱｜10899 臺北華江郵政第 99 號信箱
時報悅讀網　www.readingtimes.com.tw
人文科學線臉書　https://www.facebook.com/humanities.science/
法律顧問　理律法律事務所｜陳長文律師、李念祖律師
印　　刷　家佑印刷有限公司
初版一刷　2023 年 11 月 24 日
定　　價　新臺幣 450 元

從急診室，致你 : 為你寫的 60 篇愛的故事｜南宮仁著｜Jacqueline Khoo 譯｜初版｜臺北市｜時報文化出版企業股份有限公司｜2023.11｜336 面 ; 14.8×21 公分｜ISSUE ; 45｜譯自 : 제법 안온한 날들 : 당신에게 건네는 60 편의 사랑 이야기｜ISBN 978-626-374-576-6(862.6)(平裝)｜862.6｜112018250

ISBN 978-626-374-576-6
Printed in Taiwan

時報文化出版公司成立於一九七五年，並於一九九九年股票上櫃公開發行，於二〇〇八年脫離中時集團非屬旺中，以「尊重智慧與創意的文化事業」為信念。